オジサマが好き♡

霧原一輝

双葉文庫

目次

オジサマが好き♡

第一章　赤いリボンで結ばれた女体

1

今日は五十八回目の誕生日だというのに、戸部啓介《とべけいすけ》はひとり寂しく、行きつけのスイーツバー『ゆりかご』で呑《の》んでいた。

ここからタクシーで十分の家に帰っても、待っている者はいない。

二十五歳になる息子はすでに就職して、大阪にいるし、二歳年下の妻も友人と旅行に行っている。

この歳で誕生日を盛大に祝ってもらっても、こそばゆいだけだが、ひとりで家にいるのも寂しすぎる。

スイーツバーは、もう閉店間際で客は啓介しかいない。

(仕方がない。帰るか……)

ウッドのカウンターで、マスターの塩谷靖《しおややすし》の渋い顔を見ながら、アイラ島のウイスキーを呑み干したとき、突然、照明が消えた。

（えっ、停電か！）

ハッとした次の瞬間、店に流れていたオールドジャズが『ハッピーバースデートゥーユー』に変わった。

そして、店のなかをホールケーキを持った女性が歩いてきた。ローソクの明かりで、彼女が川島里美《かわしまさとみ》であることがわかった。

二十六歳のバーテンダー見習いで、いつもしている黒い蝶ネクタイが、今は赤い大きなリボンに変わっている。

〽……ディア啓介　ハッピーバースデートゥーユー

そう歌って、

「戸部さん、五十八回目の誕生日、おめでとうございます！」

里美がにっこりして、ケーキをカウンターに置いた。

「いやいやいや……びっくりしたなぁ、もう……」

啓介は古いギャグで返す。

「ははっ、里美ちゃんにはわからないギャグですよ。今日はサプライズで戸部さんのバースデーを祝わせてもらいました。最近はダイエットでスイーツは控えられているようですが、今日くらい、いいでしょ」

マスターが言った。

じつは、啓介は食品会社『Hフーズ』に勤めていて、四十歳過ぎてから、スイーツ開発の責任者になった。その際、試食品のスイーツを食べすぎて、見る見る太り、体調を崩し、営業部にまわされた。そして、今は一線を退《しりぞ》き、総務部の課長をしている。

「じゃあ、ローソク、消してください」

啓介が八本の色とりどりのローソクを吹き消すと、拍手が起こり、照明が点《つ》いた。

胸がジーンとして、泣きそうになった。やはり、サプライズは効果がある。

「そうそう……プレゼントはケーキだけじゃないんですよ」

マスターが意味ありげに言う。

「まだ、あるの？」

「あります。それも取って置きのプレゼントです。何かわかりますか？」

啓介は頭をひねる。まるでわからない。

「里美ちゃんです」

「里美ちゃんを明日の朝までレンタルできます。それがプレゼントです」

「えっ？」

啓介は仰天して、里美を見た。

そこでようやく、里美のファッションの意味がわかった。

里美は蝶ネクタイの代わりに赤いリボンをつけている。そして、タイトなミニスカートから突き出した足には、黒い地に幾つものピンクのリボンの刺しゅうのついたストッキングを穿《は》いていた。

（これは、里美ちゃん自身が贈り物ですって、自分をリボンで飾ったわけだ）

ミドルレングスのナチュラルボブの髪はつやつやさらさらで、目はぱっちりして、いつも赤く濡れている唇が魅惑的だ。中肉中背だが、ベストを持ちあげた胸のふくらみは大きく、足はすらりと伸びている。

この子を明日の朝までレンタルできるなんて、夢のようだ。しかし、ほんとうにそれでいいのか――。

「でも、それじゃあ……」

「いいんですよ。これは、里美ちゃんが自分から言い出したことなんですから」

マスターが答える。

「えっ、ほんとなの？」

またまた驚いて、隣のスツールに腰かけた里美を見た。

「そうですよ。わたしから言い出したんだから、戸部さんは素直に受け取ればいいんです」

里美がケーキをカットしながら言う。

（ということは、里美ちゃんは俺に抱かれてもいいってことなのか。でもそれは違うだろう。これはきっと、パパ活みたいなもので、デートをして終わりってことだろう）

だいたい五十八歳のただのオジサンが、里美のような若い女の子にモテるわけがない。

「はい、アーンしてください」

里美がカットしたケーキをフォークですくって、差し出してきた。

照れて、ちらりと見ると、マスターが静かにうなずいた。

（まあ、大常連だし、それに、ここのスイーツはもともと俺が提案したもの……きっと、これは俺への感謝のしるし、いわばお礼代わりってことだろう）

おずおずと口を開ける。

「もっと大きく、アーンしてください」

里美がより近づいてくる。

ドキドキしながらさらに口を開けると、フォークに載ったケーキが口のなかに入ってきて、かぶりついた直後に引いていく。

（ああ、やっぱり、美味しい……生クリームがたまらない。蕩《とろ》けるようだ）

啓介はしばしの間、目を閉じて、生クリームとイチゴをブレンドした味覚を味わった。

きっと、里美が食べさせてくれているから余計に美味しいのだ。アーンなんてしてもらったのは、いつ以来だろうか。しかし、それを差し引いても、ケーキは甘すぎず、ちょうどいい。

（こんな味を、俺はあの時代、求めていたんだな）

スイーツ開発責任者だった頃のことが思い出されて、懐かしい。

目を開けると、里美もスイーツの甘さを思い出しているのか、ぷにっとした赤い唇を舌で舐《な》めて、こくっと唾《つば》を呑んだ。

（おいおい、エロすぎるぞ！）

ついつい視線が、里美の下半身に落ちた。

膝上《ひざうえ》二十センチのミニスカートが張りつめて、ずりあがり、ピンクのリボン柄の黒いストッキングに包まれた太腿《ふともも》がかなり際どいところまで見えている。

「ふふっ、ここに生クリームがついてますよ」

里美がほっそりした指を伸ばして、啓介の口角《こうかく》に付いた生クリームを取り、それを口に含んだ。

（ああ、これは……！）

白いクリームのついた中指をぺろっと舐める里美の舌づかいを見ていると、下腹部のものがわずかだが頭を擡《もた》げる気配がある。

最近、勃起《ぼっき》さえしなかった不肖のムスコが力を漲《みなぎ》らせて、啓介はそれを覚《さと》られまいと、とっさにズボンの股間を手で隠した。

それを見つけた里美が、

「いやだ。戸部さんったら、もう」

啓介を上目遣《うわめづか》いで見た。

2

閉店準備をするマスターを残して、二人は『ゆりかご』から、深夜の東京の街に繰り出した。

里美は蝶ネクタイを外して、タイトフィットなニットにコートをはおっている。だが、ミニスカートから突き出した足は、あのピンクのリボン柄のストッキングを穿いたままなので、とてもかわいい。

三十二歳も年下の女の子とデートしたことがないので、啓介はどうしたらいいのかわからない。

「どうしようか……」

「あの、手をつないでもらっていいですか？」

「い、いいけど」

里美は右手で、啓介の左の手のひらを、ぎゅっと握ってくる。恋人つなぎと違って、指はからめていない。

「じつは、わたし、ファザコンなんです」

里美がちらりと横を見た。

「えっ、そうなの？」

「小さい頃に、父親を亡くしたので、父を知らないんです。でも、何となくやさしくて包容力があったイメージは残っています……だから、わたし、オジサマが好きなんです、戸部さんみたいな」

「そ、そうなんだ。だけど、俺なんかより、マスターのほうがダンディで渋いだろう」

「マスターはわたしの師匠だから、ダメなんです。それに、あまりダンディなオジサマは苦手みたい」

「へえ、そうなの」

「そう……あんまりステキだとかえってダメなんですよ。こっちがコンプレックス持っちゃって。戸部さんくらいがちょうどいい。それに、やさしいし、清潔感あるし……」

　里美が身体を寄せてきた。

「それって、たんにアレじゃないの。俺をオスとして認めてないから、安心感があるだけなんじゃないの」

「違いますよぉ」

　里美がぐっと胸のふくらみを押しつけてきたので、左腕にぶわわんとした乳房の感触が伝わってきた。

「世の中には、オジサマ好きの女の子、いっぱいいるんですよ」

「そうは思えないけどな。ほとんどが、イケメン好きなんじゃないの」

「違いますよぉ。じゃあ、証拠を見せましょう」

「証拠？」

里美は立ち止まり、両手で抱きつくようにして、キスをしてきた。

（ええっ……うぷぷっ）

啓介はいきなりの路上キスにたじたじとなった。しかし、とてもいい香りがして、唇が柔らかい。

すぐにやめるのだと思っていた。しかし、里美は唇を離さず、ぎゅっとしがみついてくる。そのとき、股間のものがまたいきりたった。

長いキスを終えて、里美が言った。

「この近くにアミューズメントホテルがあるの。行きましょうよ」

里美は啓介の手を引いて、道を隔てたところにある派手なイルミネーションの看板を掲げているホテルへと向かう。

ホテルの名前も英語で、とてもお洒落《しゃれ》な造りだ。アミューズメントホテルと銘打っているが、簡単に言うとラブホテルである。

「おい、いいのか。俺だって、オスなんだよ。父親じゃないんだぞ」

「いいんです」

里美はぐいぐいと啓介を引っ張っていく。

3

ホテルの部屋は、お星様が煌《きら》めくメルヘンチックな造りで、一瞬ここで勃起するのかと思ったが、ベッドの周辺だけは濃いピンクに浮かびあがっていて、エロい。

それに、大型ディスプレーとカラオケ設備までととのっている。よく見ると、自動販売機で、エログッズも売っているようだ。

こんなラブホテルは使ったことがない。呆然としていると、コートを脱いだ里美が、抱きついてきた。

唇を吸われ、あれがまたエレクトしてきた。おかしい。最近は勃《た》つ気配さえなかったムスコが、今夜はやけに元気だ。

これも、相手が川島里美だからだろうか。

キスを終えた里美が、股間のふくらみに気づいたのか、ズボン越しにイチモツをさすり、それがいっそうギンとしてくると上から握ってきた。

「今日は……正確に言うと、もう昨日になったけど、戸部さんのバースデーです。わたしを好きにしてください」

里美がうるうるした目で、股間のものをしごきながら言う。

「いや、そう言われても……何しろ急だからね」

「そういうところですよ、問題なのは。女の子が身をゆだねようとしているんだから、ここは男がリードしないと」

里美の指摘で目が覚めた。ここは、オジサンの力を見せつけたい。

「じゃあ、まずシャワーを浴びようか」

「いいですね、合格です。女の子って、汚れた身体でしたくないんですよ。じゃあ、まずわたしが浴びてきますね」

里美がバスルームに向かった。

（ええと、里美ちゃんにつづいて、自分もシャワーを浴びよう。出たら、まずは冷たい物でも飲んで……それから、ソファでリラックスタイムを過ごしてから、ベッドインか……いや、そんな必要はないんじゃないか。出たら、すぐにベッドに押し倒して……）

などと考えていると、里美がバスルームから出てきた。

備えつけのショートタイプのバスローブを着ているが、胸がデカすぎて、半分くらい襟元《えりもと》からはみだしている。

啓介もすぐにシャワーを浴びる。とくに股間はよく洗って、バスルームを出る。

と、部屋に赤いリボンでラッピングされた里美が立っていた。

たわわな胸の上下に、クロスして赤い包帯のようなリボンが走り、グレープフルーツみたいな乳房の真ん中で蝶結びされて、薄い繊毛《せんもう》が生える下腹部に向かって余りが垂れている。

それだけではない、太腿や足首にも赤いリボンが結ばれている。

（どうやって、自分で結んだんだ？）

圧倒されながらも、首をひねっていると、里美が言った。

「戸部さん、わたしをベッドに連れていってください。できれば、お姫様ダッコで」

そのすがるような、媚《こ》びるような目に、ズキンと男心が疼《うず》いた。

（ああ、この、男を頼りにするような表情がたまらん！）

オジサンは男女問わず、頼られると張り切るようにできている。

啓介は近づいていき、里美をお姫様ダッコする。想像していたより軽い。胸は大きいが、尻はそうでもないし、基本的に造りは華奢《きゃしゃ》なほうだった。

それでも、慣れていないのでバランスを崩しそうになったが、こらえて、里美をそっとベッドに置いた。

リボンで飾られた裸身は、男心をかきたてる。

里美は誕生日プレゼントとして自らをラッピングして、ベッドに横たわってくれているのだ。

(しかし、ほんとうにいいんだろうか。あとで、あれはパパ活でしたと、お金を取られないだろうか。もっとも、里美ちゃんを抱けるなら多少の散財は覚悟の上だが……)

あまりにも物事が上手く行き過ぎると、疑いたくなる。いつもの癖で、ためっていると、里美が言った。

「最初はリボンをしたまま、して……」

「あ、ああ……つけたままだね。わかった」

そう答えながらも、いまだ倫理観が心の底に潜んでいた。

(自分には妻がいるから、これは不倫だ。不倫など、これまでしたことがないのに……）

だが、五十八回目の誕生日を祝って、自らの肉体を差し出してきた里美を大切にしたい。

これはもう倫理の問題ではなく、人としての感情の問題だ。

（よし、やってやる……）

意気込んだものの、何しろ数年ぶりのセックスだから、戸惑ってしまう。

（ええと、まずはキスか……さっき、里美ちゃんは積極的にキスをしてきた。今の若い子はキスが好きだ）

啓介は、ボブヘアの乱れた前髪にキスして、それから、ほっぺから唇へとおろしていく。おずおずと唇を合わせると、里美は啓介を抱きしめ、

「んんっ……んんんっ」

と、唇を貪《むさぼ》ってくる。やはり、積極的だ。

（もしかして、ほんとうに俺を好きなのかも……）

啓介はぷるるんとした唇を重ねながら、胸のふくらみを揉《も》んだ。すると、里美はキスをしていられなくなったのか、

「ぁあああ……！」

唇を離して、顔をのけぞらせる。

前髪が散って、こぼれでた額《ひたい》がかわいらしい。ほどよく高い鼻梁《びりょう》と、カールした長い睫毛《まつげ》の曲線――。

(ううむ、言っちゃ悪いが、二重顎の妻とは違うな。若いってすごい。肌艶が全然違うし、まったく皺《しわ》がない!)

啓介はたわわな乳房をつかんで、揉みしだく。

赤いリボンが交差してかけられ、左右のふくらみの中心で蝶結びされて、余りが下腹部の陰毛に向かって垂れている姿は、なんとも扇情的だった。

丸々としたたわわすぎる乳房をモミモミし、少し上にせりだしている乳首にしゃぶりついた。淡いピンクの突起を舐めしゃぶるうちに、

「んっ……あっ……ぁああ、気持ちいい……戸部さん、気持ちいい」

里美がかわいく喘《あえ》いだ。

(ほんとうか、演技をしてくれているんじゃないか?)

最初は疑った。しかし、里美が心から感じていることが伝わってきて、啓介も高まった。そろそろラッピングを解きたい。

「胸のリボンをほどくよ」

「はい……」

啓介は慎重にリボンを解く。まるで、何か神聖な儀式をしているようだ。蝶結びの後ろの羽をつかんで引っ張ると、するするっと結び目がほどけて、手品のように蝶の姿が消えた。

リボンのなくなった真っ白な乳房が二つ、啓介に向かって「わたしを触って」と自己主張している。

こんなデカいオッパイは初めてだ。

五十八歳にして初体験ということも、まだまだあるようだ。

ふくらみを揉みながら、頂上の突起をやさしく舐める。上下に舌を走らせ、左右に弾《はじ》くと、

「あんっ、ぁあん……感じる。すごく感じる……あうぅぅ」

里美は手を口に持っていき、手の甲で喘ぎを押し殺した。きれいに剃《そ》られた腋《わき》の下があらわになり、乳房が縦に伸びた。

だんだんと愛撫の仕方を思い出してきた。確か、乳首は両方一緒にかわいがったほうが女性は感じるはずだ。

向かって左側の乳首を舌で転がしながら、もう片方の乳房を右手で揉みしだ

く。

柔らかなゴム毬《まり》みたいなふくらみが弾《はず》みながら形を変え、乳首がどんどん硬くしこってきている。

4

里美は、バーテンダー修業を始めて一年が経つ。

美容専門学校を卒業して美容師を目指したが、人間関係が上手くいかず悩んでいた。そんなとき、『ゆりかご』のマスターのシェイカーを振る姿を見ていたく感激し、バーテンダーへの道を選んだのだと言う。

店がスイーツも出すバーであることが決め手となり、スイーツ好きの里美の背中を押したようだ。

里美は胸はデカいし、愛想がいいし、手先も器用だから、きっとバーテンダーとして成功するだろう。

少なくとも、啓介は里美をカウンターのなかで見ると、気持ちが弾む。

「ぁあああ、あああ……やっぱり、オジサマがいい。せかせかしてないし、舐め方も丁寧《ていねい》だもの」

「そうか？」

「そうよ。だから、戸部さん、自分に自信を持っていいと思う」

里美がうれしいことを言う。

焦《あせ》るな、焦るなと自分に言い聞かせて、左右の乳房をじっくりとかわいがる。

向かって左の次は右と、乳首を舌でれろれろし、ときにはチューッと吸いあげる。

「ぁあああ、気持ちいい……気持ちいい」

里美の下腹部が持ちあがり、太腿がずりずりと擦《こす》りあわされる。

太腿と膝《ひざ》、足首が、赤いリボンで結ばれているので、足は開かない。それでも昂《たかぶ》りそのままに微妙に開いたり閉じたりする様子がたまらない。

「じゃあ、次は足のほうだな」

啓介は下半身のほうにまわり、ひとつになった両足をぐいと持ちあげる。

「ああ、いやんっ……」

「きれいな足だね。すらりとして長い。今の女の子はどんどん美脚になっていく」

啓介はしゃがんで、太腿の裏側から膝裏へと舐める。太腿の合わさる個所には

ぷっくりとした女の園が見えていた。つるっ、つるっと舌を走らせると、

「ぁあんっ……ダメっ、そんなことしちゃ……」

里美はいやがっていたが、膝裏からふくら脛《はぎ》にかけて舐めあげていくと、

「ぁあん、そこ……ああ、気持ちいい」

里美はぐっと足首を曲げ、足の指を大きく開いた。

こうなると、啓介も追い打ちをかけたくなる。足裏のアーチに舌を走らせ、最後に足指の裏のほうを舐める。

「いやん、くすぐったいよぉ。ダメだったら、ダメっ……ぁあああん」

里美はさらに足の指を開いて、のけぞらせる。

左右の足は三本のリボンでひとつにくくられている。尻のほうが焦《じ》れったそうに揺れている。

啓介は反対から、足の親指を頰張《ほおば》って、フェラチオでもするように唇を動かし、舌をからみつかせる。

「ぁああん、こんなの初めて……戸部さん、いやらしい。すごくいやらしい」

里美がいっそうくなくなと腰を揺するので、啓介もたまらなくなった。

ひとつにくくられた里美の左右の足を押して、腰から二つに折ると、

「あん、いやんっ、この格好……！」

里美が羞恥《しゅうち》で身をよじった。

両足を斜め上に伸ばさせる。

と、左右の太腿の奥に女の花芯が息づいていた。

里美は恥毛が薄い。そして、女性器の周辺にはほとんど毛が生えていないので、ぷっくりとした肉土手が合わさっているさまが、如実に見える。

「いや、いや……」

と、里美はさかんに腰を逃がそうとする。そこを押さえつけて、肉びらの狭間《はざま》をぺろっと舐めた。

「ぁあん……！」

里美がびくっとして、腰をひくつかせる。逃げようとする腰を固定して、太腿の奥に顔をのぞかせている雌芯《めしん》をつづけて舐めると、そこが割れて、濃いピンクに色づく粘膜がひろがった。

ぬめりに舌を走らせるうちに、里美の気配が変わった。

「ぁあん……あぁあ……これ、恥《は》ずかしい……でも、気持ちいい……ぁああ、ねえ、もっと舐めて。いっぱい舐めてぇ……」

里美が腰を振って、せがんでくる。

「じゃあ、リボンをほどくよ」

「早くぅ……我慢できない」

啓介は足をくくっている赤いリボンをひとつ、またひとつと解いていく。

三本のリボンが外れると、里美はようやくこれで自由になれるとばかりに、がばっと足を開いて、啓介の顔を引き寄せた。

普段はカウンター内で澄まし顔をして、マスターの手伝いをしている里美が、こんなにエッチだったとは——。

見た目と実態のギャップに啓介は萌《も》えた。

目の前の花肉に貪りつく。

若草のように薄い繊毛の下で、こぶりだが肉厚のびらびらがひろがって、内部の鮮紅色の粘膜をのぞかせている。そこはすでに洪水《こうずい》状態で、ぬるっ、ぬるっと舌が快調にすべっていき、

「ぁあん……ぁああ、気持ちいい……戸部さん、それ気持ちいい……」

薄い若草を生やした恥丘《ちきゅう》がぐいぐいせりあがって、濡れた溝が擦りつけられる。

ひさしぶりのクンニで、啓介はうれしくもあり、不安でもある。甘酸っぱい香りとともに蜜があふれ、

「気持ちいい……気持ちいい」

里美が心からの声をあげて、腰をくなくなさせる。

ここは、巧みなクンニをして、里美に、やっぱりオジサマは違う、と思ってほしい。

潤《うる》みきった狭間を舐めあげていき、そのまま、上方の肉芽《にくが》をぴんっと舌で弾くと、

「ああん……！」

里美がびくびくっと下半身を震わせる。

（やっぱり、クリちゃんが敏感なんだな）

それがわかれば、あとはじっくりと攻めればいい。

下から肉芽を舐めあげ、上方を引きあげると、雨合羽《あまがっぱ》のフードみたいな包皮が剝《む》けて、珊瑚色《さんごいろ》にぬめる本体がぬっと現れた。

小さい。それでも、小粒のポリープのような真珠《しんじゅ》をちろちろと舐めていくうちに、そこは急速にふくらんで、二倍ほどの大きさになった。

これなら、目標が定めやすい。

あらわな肉真珠をれろれろっと横に弾き、上下に舐めた。

「ぁあああ……おかしくなる。わたし、おかしくなるぅ……」

喘ぎつづけていた里美が、

「ねえ、わたし、戸部さんのおチンチンをおしゃぶりしたい」

まさかのおねだりをしてきた。

「ほんとに、いいの？」

「ええ……いいでしょ？」

「も、もちろん」

「じゃあ、立って」

仁王立ちフェラをしてくれるらしい。啓介は嬉々として、ベッドに立ちあがる。フェラされるのは、いつ以来だろうか。思い出せないほど遠い昔だ。

里美がにじり寄ってきた。

正座の姿勢から尻をあげて、いきりたつものを下から舐めあげてくる。

「気持ちいい？」

里美が見あげてきた。

「ああ、すごく……」

「わたしからのバースデープレゼントです。じっくり味わってね」

　里美はちゅっ、ちゅっと頭部にキスをして、いきりたちを腹に押しつけると、裏筋を舐めあげてきた。ツーッ、ツーッと敏感な縫《ぬ》い目に舌を走らせながら、睾《こう》丸《がん》を下から持ちあげるようにしてやさしく撫《な》でてくれる。

「うおおっ……」

「気持ちいい？」

「ああ、天国だよ。キンタマがすごく気持ちいい……ぁあああうぅ」

　里美は裏筋を上下に舐め、それから、ぐっと姿勢を低くし、顔を横向けて、皺袋に舌を走らせる。

「初めてだよ、タマタマを舐められるなんて」

「じゃあ、これは？」

　次の瞬間、右側の睾丸が姿を消した。里美が頬張ってくれているのだ。しかも、なかで舌をねろり、ねろりとタマにからませてくる。

「おっ、ぁああ、よしてくれ……くうぅ」

　思わず言うと、里美はちゅぽんっと吐き出して、

「ふふっ、すごく感じやすいんだね。カワイイ!」

啓介を見あげて、満面の笑みを浮かべる。

面はゆい。これまで、「カワイイ」などと言われたことはない。

里美はもう片方の睾丸も口に含み、なかで舌をからませながら、根元を握った指でイチモツをしごいてくる。

かわいらしい顔で啓介を見あげている。だが、その口のなかには片方のタマタマが入り込み、しかも、いきりたつものをきゅっ、きゅっとしごいてくれているのだ。

(ああ、里美ちゃん。こんなかわいい顔してるのに、やることは大胆すぎる!)

里美が皺袋を吐き出して、裏のほうを舐めあげてきた。亀頭冠《きとうかん》の真裏をちろちろっと舌で刺激すると、上から唇をかぶせてきた。

茜色《あかねいろ》にてらつく頭部を頬張り、さらにもう少し下まで唇をすべらせる。

カリを巻き込むようにして短くストロークする。そうしながら、同じピッチで手しごきしてくる。

これは効《き》いた。

敏感なカリの内側がジーンと熱くなり、根元をぎゅっと握りしごかれる快感とあいまって、啓介は急所をつかまれた動物みたいに、ただただ唸ることしかできない。

「ああ、ダメだ。そこ、敏感すぎて」

啓介は訴えた。

すると、里美は指を離して、深く頬張ってきた。

標準サイズのペニスが根元まで姿を消している。そして、里美はもっとできるとばかりに、陰毛に唇が接するまで頬張り、チューッと吸いあげてきた。

「ぁあああ、くっ！」

啓介はあまりの気持ち良さに、女性のように喘いでいた。

5

ベッドに仰向《あおむ》けに寝た啓介に、里美がまたがってきた。

片方の膝を突いて、もう一方を浮かし、啓介のいきりたっているものに、薄い繊毛の底を擦りつけて、

「入れていいですか？」

ぱっちりとした瞳を向けてくる。

「も、もちろん。いいに決まってるよ」

啓介は嬉々として答える。

誕生日不倫なんて、そうできることではない。それに、これは里美のほうから言い出したことなのだ。

たとえ、これが原因で夫婦仲が上手くいかなくなったとしても、かまやしない。妻は今、夫の誕生日だというのに、友人と旅行に出かけているのだから。それに、このチャンスを逃がしたら、若い女の子とのセックスなんて、もう二度とできないだろう。

里美はフェラチオで唾液まみれの勃起を押し当てて、ゆっくりと腰を落とす。ギンとしたものが、とても窮屈な入口を押し広げて、里美の体重を受けて、ぬるぬるっと奥へとすべり込んでいき、

「はうぅぅ……！」

里美ががくんと顔を撥《は》ねあげる。

「おおっ、ぁあああ！」

啓介は声を洩《も》らし、次に「くっ」と奥歯を食いしばった。

粘膜はとろとろに蕩けているのに、それがウエーブを起こしたようにざわめ

き、分身を包み込んでくる。

「あっ……あっ……」

里美がきゅっ、きゅっと膣《ちつ》を締めつけてきた。粘膜が収縮して、まるでチンチンが奥へ奥へと吸い込まれていくようだ。

(何だ、このバキュームするオマ×コは？　オマ×コって、こんなに気持ちいいものだったのか？)

びっくりしていると、里美がかわいらしく言った。

「気持ちいい？　今、意識的に締めているんだけど……」

「すごいよ。ぎゅんぎゅん締まって、奥へと引き寄せられる」

「よかった」

里美が上体を倒して、唇にキスしてきた。

下の啓介に抱きつくように唇を重ね、舌をちろちろと躍らせながら、なおも、膣を締めつけてくる。

(初めてだ。こんなの初めてだ！)

五十八歳になっても、このように初体験はあるのだ――さっきと同じことをまた思った。

そして、里美はただ締めるばかりでなく、腰を上下に振って、肉棹《にくざお》を揉み抜いてくる。しかも、キスをしながらだ。

里美は二十六歳で、啓介は五十八歳。三十以上も年下なのに、セックスでは自分のはるか上を行っている。

(これまでどんなセックスライフを送ってきたんだろう?)

そんな思いが脳裏をかすめたが、すぐに、快感に押し流されていく。

里美がキスをやめて、両手を前に突き、尻を高く引きあげ、落としてくる。

そそりたつ肉柱を、とても窮屈な膣が上下に擦りあげる。そうしながら、里美はまるで、啓介の快感を推《お》し量《はか》るような目でじっと見ている。

「オジサマ、気持ちいいですか?」

「ああ、すごく気持ちいいよ」

里美は上体をあげて、足をM字に開いた。それから、腰を上げ下げするので、啓介には自分のイチモツが翳《かげ》りの底をうがっているのが、はっきりと見えた。

(ああ、これは夢か……?)

ボブヘアの似合う里美が、Eカップはあろうかというたわわな乳房を揺らして、自分の腹の上で撥ねている。

そして、いきりたちが翳りの底に嵌《は》まり込むたびに、

「あんっ……あんっ……」

里美は生々しい声をあげ、

「ぁああ、ねえ、突きあげて」

つぶらな瞳を潤ませて、訴えてくる。

「わかった……こうか？」

啓介は里美の腰が落ちてくるのを見計らって、ぐいと下から腰を撥ねあげてみる。すると、落ちてくるものとあがっていくものがジャストミートして、

「ぁあああ……！」

里美が激しく顔をのけぞらせて、いっぱいに口を開いた。

「大丈夫か？　今、すごく奥に当たったような……」

「すごく気持ち良かった。若いと奥はあまり感じないみたいだけど、わたしは奥がすごくいいの」

「そ、そうかい。じゃあ、そのまま蹲踞《そんきよ》の姿勢でいてくれ。俺が突きあげてみるから」

言うと、里美が足をM字に開いて、そこで静止する。

「いくぞ」

啓介は下から腰をせりあげる。自分の太鼓腹の向こうに見える肉の柱が、里美の膣をズコズコと擦りあげていき、

「あんっ、あんっ、あんっ……ぁああ、これ、気持ちいい……」

「もっとしてみようか？」

「つづけて、お願い」

啓介は息を詰めて、下からぐいぐいと腰を撥ねあげた。

里美は「あ、あっ、あっ」とつづけて喘ぎ、充実した胸のふくらみをゆっさ、ゆっさと揺らせる。

ほんとうは啓介ももう少しつづけたかった。しかし、日頃の不摂生《ふせっせい》がたたって、すぐに息が切れてきた。

「ふふっ、疲れちゃったの」

「ああ、悪いね」

「いいのよ。今度はわたしが動くね」

里美が両手を後ろに突いて、上体を反らせた。その状態で、腰を前へと突き出してくる。後ろに引いては、前に向かって、しゃくりあげる。

若草のような繊毛の底に、自分のイチモツが見え隠れしている。硬直が締まりのいい肉筒に揉み抜かれ、時々、ぎゅっ、ぎゅっと締まってくる。

「あっ、くっ……」

「ふふっ、どうしたの？」

「おチンチンが、里美ちゃんのおマ×コに吸い込まれていくよ」

「気持ちいい？」

「ああ」

「もっと気持ち良くしてあげる」

里美がさらに大きく足をM字に開き、腰をしゃくるようにして、膣粘膜で屹立《きつりつ》を揉みしだいてくる。

「ああ、くっ……！」

「どうしたの？」

「出ちゃいそうだ」

「いいよ、出して……」

「いや、そういうわけには……」

「いいって言ってるでしょ」

里美の腰振りがどんどん活発になってきた。

啓介は射精しそうになった。

しかし、自分はもう五十八歳のオジサンだ。ここで出してしまえば、もう勃起しないだろう。

「うおおおっ……！」

啓介は吼《ほ》えながら、上体を起こした。

対面座位の格好で、里美の乳房にしゃぶりつく。

柔らかくて大きな乳房を揉みしだきつつ、淡いピンクの乳首をれろれろと舐める。すると、里美はがくん、がくんと震えて、

「ぁああん、気持ちいい……戸部さん、上手だわ。やっぱり、わたしの見込んだとおり」

まさかのことを言う。

「俺が上手に見えたの？」

「ええ、見えたわ。戸部さんはがつがつしていないし、落ち着いているし、やさしいもの。オジサマはセックスも焦らずに、相手の女の子のことを考えながら、じっくりしてくれるでしょ？」

それは、かなり買いかぶりだなと思いつつも、「まあな」と答える。

「わたし、同年代や年下はダメなの。戸部さんみたいにゆとりのあるオジサマが好き」

そう言って、里美はキスしてくる。

座位で向き合ったまま、ちゅっ、ちゅっとかわいくキスをし、それから、ぎゅっと抱きついて唇を重ねてくる。

すぐに舌が入り込んできて、啓介の口腔《こうこう》をなぞる。

（よし、ここは俺も……）

啓介も舌をからませていく。しかし、上手くはできない。

最近の若い女の子はキスに積極的だが、自分たちの世代の女性はキスすることにも恥じらいがあった。だからというわけではないが、啓介もキスにはまったく自信がない。

一応舌を突き出すと、里美が舌をからめたり、吸ったりしてくれる。

「はぁあああ……」

と、甘い吐息をこぼし、とろんとした目でまたキスをせがみ、上と下の唇をついばみ、さらに舌を押し込んでくる。

そうしながら、里美の腰は微妙に揺れ、濡れた膣がイチモツを時々、思い出したように、きゅっ、きゅっと締めつけてくる。

（ああ、気持ち良すぎる……）

これ以上のバースデープレゼントがあるとは思えない。このまま、ずっと誕生日だったらいいのにと思う。

里美はキスをやめて、しがみついてきた。そして、自分から腰を上げ下げする。

そのたびに、たわわな乳房が擦りつけられ、窮屈な膣がイチモツを締めつけながら、擦りあげてくるのだ。

「ああ、くうぅ……！」

思わず呻《うめ》くと、里美は上から唇を合わせてキスをする。キスしながら、腰を上下動させる。

幸せすぎた。しかし、このまま受け身をつづけていては、今ひとつ高まらない。ここは、そろそろ自分から攻めたい。

啓介は里美の背中に手を添えて、ゆっくりと慎重に倒していく。

大きなオッパイが遠ざかり、色白のボディがシーツに仰向けになった。

里美は両足を曲げて開き、その下に啓介の足が入り込んでいる形だ。

「ぁああ、いやん、この格好」

里美が恥ずかしそうに顔をそむけた。

「いい格好だ。突くよ」

啓介は両手を後ろについて、下腹部を突き出していく。

6

「あんっ、あんっ、あんっ」

里美は両手を曲げて顔の横に置き、膝を曲げた姿勢で、突かれるたびに巨乳をぶるん、ぶるるんと波打たせている。

(なるほど。自分で攻めているときはすごく積極的で元気がいいが、いざ、受け身になると、すごくM的というか、か弱い女の子になっちゃうんだな)

そんな里美がますます愛《いと》おしくなった。

啓介はいったん結合を外し、ベッドの端にいた里美の両太腿を引っ張って、中央へと移動させる。

「ぁああん……こうされるの、好き」

里美が言う。

「そうなの？」

「ええ、好き。すごく、男の人の逞《たくま》しさを感じるから」

「逞しさねぇ……じゃあ、もっと男らしさを見せなくちゃね」

啓介はさらに里美を引きずってやる。それから、すらりとした足の膝裏をつかんですくいあげ、いきりたっているものを打ち込んでいく。

窮屈な入口を突破した先っぽが、ぐぐっと奥まで嵌まり込んでいき、

「はうぅ……！」

里美が顎を突きあげた。

啓介はやはり上になったほうが、征服感のようなものがあって、好きだ。

上体を立て、膝裏をつかんで、強く押しつけながら、ぐいぐい押し込んでいく。

「あんっ……あんっ……あんっ」

グレープフルーツみたいなオッパイをぶるん、ぶるるんと揺らして、里美が甲高《かんだか》い声で喘ぐ。

ナチュラルなボブヘアを乱し、すっきりした眉《まゆ》を八の字にして、これまでの明

るい顔つきが、今にも泣き出さんばかりの快楽の表情に変わっている。

(何だかんだいって、里美ちゃんは女そのものなんだな)

そう感じた途端、啓介にもスイッチが入った。

「ふん、ふん、ふん……!」

思い切り叩きつける。

締まりのいい体内につづけざまに打ち込むと、ふいにあの射精感がふくれあがった。

(ダメだ。我慢だ!)

ぐっとこらえて、動きを止めた。

「どうしたの?」

「悪い。出しそうになった」

「出せばいいじゃない」

「いや、それはダメだ。里美ちゃんがイクまでは」

「ふふっ、そういうところが好き。オジサマって、女性がイクまで我慢するでしょ。若い子はすぐに出してしまうもの、自分勝手に……」

「それはたんに、若いうちはおチンチンの感度が良すぎて、自分じゃコントロールできないだけだと思うよ」

「オジサマになれば、それをコントロールできるんでしょ？」

「まあ、それはな」

「それって、女の子にしてみたら、すごく頼もしく感じるの」

「そうか……」

啓介は上体を倒して、里美を抱き寄せる。ぴったりと身体を重ねて、慎重に腰をつかう。

「ぁああ、戸部さん、気持ちいい。すごく安心できる」

里美が耳元で言う。

「そうか……」

啓介が里美の耳にキスをすると、

「あんっ……」

里美がびくっとして、首をすくめた。

啓介はボブヘアからのぞく福耳を舐めながら、ゆっくりと腰をつかう。

さっき強く突いてみてわかった。激しい動きをすると、一気に体力を消耗してしまい、息は切れるし、性欲までもが減退してしまう。

スローセックス、という言葉が脳裏に浮かんだ。

(ゆっくり、じっくりすればいいんだ。激しく突くのは若い奴らに任せよう。よし、ここで、キスだな。里美ちゃんはキスで燃える)

唇を重ねていくと、里美が貪るように唇を合わせ、自分から舌をからめてくる。

(ああ、たまらんな。若い女性の唇はぷにぷにして、柔らかい)

キスしながら、じっくりと腰をつかった。

唇を重ねているから、そう激しくはストロークできない。それが逆に、スローセックスに導いてくれる。

「んっ、んっ……んんんっ！」

里美はくぐもった声を洩らしながらも、舌をからめ、ぎゅっとしがみついてくる。

いつの間にか、足が啓介の腰にまわり、打ち込みの動きを助けるように、足で腰を引き寄せる。

啓介はたっぷりとキスをしてから、今度は胸のふくらみに舌を這《は》わせた。

たわわすぎる乳房をモミモミしながら、先端にしゃぶりつく。

コーラルピンクにぬめる乳首はますます硬くしこっていて、それを舌で上下左右に弾いた。さらに、チューッと吸い込むと、

「ぁあん……ぁああ、気持ちいい……吸われると、気持ちいい！」

里美が喘ぐように言う。

ならばと、啓介は乳首をつづけて吸い、同時にもう一方の乳房も揉みしだく。

れろれろっと舌で強く弾くと、

「あっ……あっ……！」

里美が喘ぎ、膣がぎゅっ、ぎゅっとイチモツを締めつけてくる。

（おおぅ、吸い込まれる）

締められると、ペニスが奥へと引き込まれるようで、それが気持ちいい。

また、強く打ち込みたくなったが、いや、もう力任せはやめようと思い直した。

その代わりに、じっくりと左右の乳首をかわいがる。向かって右の次は左と、乳首を丁寧に舐め、指でつまんで、くりくりっとねじる。

すると、それが感じるのか、里美はもうどうしていいのかわからないといった様子で、下腹部をぐいぐい擦りつけてくる。

（ああ、すごい。なかがうごめいている！）

啓介は立ちのぼる快感をこらえ、上体を立て、両膝をつかんだ。

今度は両膝を曲げさせて、上から押さえつける。そして、若干狭《せば》まったように感じる膣をぐいぐい突いた。

「ぁあああ、これも好き……すごいよ。戸部さんのおチンポが、ぐりぐりしてくる」

里美が口にした『おチンポ』という言葉を耳にした途端に、啓介のチンチンが膣のなかでびくんと頭を振った。

「ダメじゃないか。里美ちゃんのような子がおチンポなんて言ったら」

「じゃあ、どう呼べばいいの？」

「……おチンチンでいいよ。いや、それだとコーフンしないな。やはり、おチンポでいいか。つづけて呼んでごらん」

「おチンポ、おチンポ、おチンポ！」

「それをどうしてほしいのかな？」

「戸部さんのギンギンのおチンポで、里美のオマンマンを突いて。思い切り！」

「奥がいいのかい？」

「ええ、奥が好き」

「じゃあ、ちょっと横になってごらん」

啓介は里美の足をつかんで、挿入《そうにゅう》したまま裸身を横向ける。

横臥《おうが》して膝を曲げている里美を、後ろから突く体勢である。啓介自身は上体を立てているから、二人の身体はほぼ直角に交わっている。

後ろに突き出された尻の底をうがつと、肉棹が深々とえぐっていき、

「ぁああ、これ！」

里美が身体を反らした。

「すごいの。すごく奥に入ってる」

「この体位は初めて？」

「ええ、初めて……ぁあああ、いやぁ……突き刺さってくる。おチンポがお臍《へそ》まで届いてるの。キツい、キツい……」

「やめようか？」

「ううん、やめないで。このまま、突いて」

啓介は腰の横をつかみながら、送り込む。この体勢だと邪魔をするものがなくて、ダイレクトに切っ先が奥に届く感じだ。

亀頭部が子宮口にぶち当たり、

「ぁあああ、あああ、許して……もう許して……キツい」

「やめようか？」

「つづけて。キツいのがいいの」

啓介がつづけて打ち込むと、

「あん、あんっ……ぁああ、ヤバい。これ、ヤバい……」

里美がさしせまった声で訴えてくる。

黒髪を振り乱して、片手でシーツを握りしめている。

この体位でも、里美はイクかもしれない。しかし、啓介にはやりたかった体位があった。

いったん抜いて、里美をベッドに這わせた。もう身体に力が入らないのか、里美はスローモーションで体勢を変える。

小さな尻をつかみ寄せて、膝を開かせた。そぼ濡れて、開いたままの膣口に屹立を埋め込んでいく。

「うあっ……！」

里美が顔を撥ねあげて、シーツを鷲《わし》づかみにした。

姿勢を低くして、尻だけをせりあげているその女豹《めひょう》のポーズが、啓介の昂奮をかきたてる。

「強くしていいんだね？」

「はい……イキたいの。ガンガン打ち込んでください。里美をメチャクチャにして」

「よし！」

啓介は射精覚悟で打ち込んだ。

小気味よくくびれた細いウエストをつかみ寄せて、腰を大きく、速く打ち振った。

充血しきったイチモツが小さな孔《あな》をすごい勢いで出入りし、

「あんっ、あんっ、あんっ……」

切っ先が奥を突くたびに、里美は愛らしくも凄艶《せいえん》な声をあげて、シーツを握りしめる。

そのとき、里美の右手が後ろに差し出された。きっとこうしてほしいのだろうと、その肘《ひじ》をつかむと、里美も啓介の腕をぎゅっと握り返してくる。

その腕を引き寄せながら、つづけざまに深いストロークを差し込んだ。

息が切れてきた。

（ダメだ。里美ちゃんをイカせるんだ！）

奥歯を食いしばって打ち据《す》えたとき、

「あんっ、あんっ……イク、イク、イキますぅ……やぁあああぁぁぁぁ！」

里美がのけぞりながら、がくん、がくんと震え、次の瞬間、啓介も熱い男液をしぶかせていた。

第二章　のけぞるメガネ美女

1

戸部啓介はスイーツバー『ゆりかご』に、会社のＯＬである今井千詠子《いまいちえこ》を連れてきていた。

これには理由がある。

誕生日に、バーテンダー見習いの川島里美との甘美な一夜をプレゼントされて、啓介は舞いあがった。そして、以降も里美とつきあいたいと申し出た。

だが、返事はノーだった。

『わたしだって、戸部さんが好きだし、つきあいたいのよ。でも、ダメなの。マスターが言ってたでしょ、今夜だけのレンタルだって』

『ひょっとして、里美ちゃん、マスターとつきあっているとか？』

『ううん、違うよ。そうじゃなくて……』

　里美は言葉を濁して、こうつづけた。

『でも、戸部さんはオジサマ好きの女性とつきあいたいんでしょ？』

『そりゃあ、そうだよ』

『だったら、こうしよう。うちの店に、これという女の人を連れてきてよ。わたしが判断してあげる。その彼女がオジサマ好きかどうかを』

『わかるのか？』

『わかると思うよ。戸部さん、うちの店に女性と来たことないけど、うちはスイーツも出してるでしょ』

　戸部はうなずく。

　じつは、『ゆりかご』が経営難に陥《おちい》ったとき、当時、スイーツ開発をしていた戸部が、お酒に合うスイーツを出したら女性客も多くなるのではないか、と提案し、当時会社で開発していた製品を提供した。

　それで、『カクテルとスイーツが幸せな結婚をしたバー』としてメディアに取りあげられ、店は持ち直した。

　マスターの塩谷が自分の誕生日を特別な計らいで祝ってくれたのも、それがあったからだと思っている。

『スイーツとお酒のバーだと誘えば、女の人も来やすいんじゃないの？　連れてきなさいよ、わたしが判断してゴーサインを出すから。そうしたら、戸部さんだって、空振りしなくて済むでしょ。オジサマって、けっこう空振りすると気力を失くしちゃうみたいだから』

里美は的を射たことを言った。

五十八歳ともなれば、女性に振られると、心身ともにめちゃくちゃ消耗《しょうもう》する。この歳で、我が身を顧《かえり》みずに女性にアタックした自分が恥《は》ずかしくなる。

『わかったよ』

啓介はその提案に乗り、『行きつけのスイーツバーがあるから、行かないか？』と周囲の女性に声をかけた。

スイーツとお酒の組み合わせに興味を持ったのか、これまで我が社で働いている若いＯＬが二人、話に乗った。しかし、そのいずれも里美は、『ダメだと思う。彼女たちは若いイケメン好きだし、まだオジサマの良さに目覚めていないから』と、首を縦に振らなかった。

啓介は落ち込んだ。しかし、里美に励まされて、声をかけつづけた。

そして、今夜、まさかの大物が釣れた。

今井千詠子は我が社の経理部に所属する二十九歳の独身ＯＬである。

経理の主任を務めるメガネ美女で、黒縁メガネを外すと、これが驚愕《きようがく》の美人であることは、誰もが知っている。

千詠子はイチゴショートをフォークですくって口に運び、シングルモルトのザ・マッカラン十二年をロックでちびりと呑《の》んで、

「ああ、美味しい……！　シェリー樽の香りと、イチゴの酸味と生クリームが口のなかで溶け合っているわ」

うっとりとして、的確なことを言う。

セミロングのさらっとした髪のかかる横顔は知性を感じさせつつも、そのややふっくらとした唇が半開きになって、色っぽい。

「うれしいよ、この組み合わせの良さをわかってもらえるとは。さすがだね」

と、啓介は同調する。

里美から、女の人にモテるためには、まず同調することだと教えられていた。

「よかったわ。戸部課長に誘っていただいて」

千詠子がにこっとした。その決して職場では見せない笑顔に、啓介はドキッとする。

「俺もかつては社でスイーツを作ってたからね。今井さんが、スイーツもお酒も両方いけるとお聞きしたので」

「こんないいお店があるなら、もっと早く教えてほしかったわ」

千詠子がマスターのほうを見て、他にお薦めの組み合わせはあるのかと訊《き》いている。

啓介はその間に、ちらりと里美のほうを見る。

カウンターのなかで、白いブラウスに黒ベスト、パンツ姿の里美が小さくうなずいた。今まではなかった反応である。

(イケるのか？　まさか、今井千詠子はオジサマ好きなのか？)

しばらくして、里美がカウンターの裏に姿を消した。すぐに、スマホに里美からのメールが届いた。

『彼女、たぶんオジサマ好きよ。でも、焦《あせ》らないで。下心を見せると、絶対に引くから。今夜は紳士的に振る舞って。帰りはタクシーを呼んで、彼女にひとりで乗ってもらって。わたしたちに見えないように、車代として一万円を渡して。若いイケメンよりオジサマが優れているところは財力、つまり、お金。ケチケチしないでね。たとえ小遣いが減っても(笑)』

読み終えて、急いでメールを閉じる。

（そうか。まさか、千詠子さんがオジサマ好きだとはな……）

啓介はひそかに、千詠子のメガネを外させて、その美貌がゆがむまでセックスしたいという思いを抱いていた。きっと、これは多くの男性社員が願っていることだろう。

次に、千詠子はマスターに勧められるままに、ガトーショコラのケーキにブランデーを合わせた。

「うん、これも合う。最高……」

千詠子が目を閉じて、口のなかでハーモニーを味わっている。

ブラウスを持ちあげた胸は優美に盛りあがり、タイトスカートの張りつく太腿《ふともも》や尻はむっちりと充実していた。

しかも、千詠子はハイヒールを履《は》いているので、そのすらりとした美脚がより強調されている。

やがて酔ったのか、千詠子の口がなめらかになった。普段は言わないような愚痴をこぼし、ついには、

「知らなかったわ。戸部さんがこんなにセンスのいいお店の常連だなんて……」

と、こちらがドキッとするような艶《なま》めかしい視線を送ってくるではないか。

(イケる。これなら、イケそうだ)

啓介は下心を押し隠して、上品なオジサマを演じつづけた。

2

今夜で、千詠子が『ゆりかご』に来るのは三度目だ。

今も、カウンター席に座って、マスターや里美と愉《たの》しそうに話しながら、生クリームたっぷりのショートケーキを口に運び、マッカランをちびちびやっている。

今までと違っているのは、右側にスリットの深く入ったスカートを穿《は》いて、胸の大きさが強調されるタイトなニットを着ていることだ。ルージュも明らかに今までより、赤い。

(今夜あたり、イケるんじゃないか?)

啓介もつきあって、カクテルとケーキを口にしながら、ちらりちらりと千詠子の下半身に目をやる。

右足を上にして足を組んでいるので、肌色のパンティストッキングに包まれたむっちりとして長い太腿が際どいところまで見えてしまっている。

視線をあげれば、V字に切れ込んだニットの胸元から、丸々としたふくらみの上部がのぞいているのだ。

と、スマホにメールが届いて、啓介は確かめる。少し前にカウンターの奥に姿を消していた里美からのメールだった。

『チャンス到来。今夜を逃したら、アウト。今からホテルの部屋を取って、知っている限りの最高の部屋を。けちらないで。いつものようにタクシーを呼んで、一緒に乗って。いつやるの？　今でしょ！』

メールを読んで、スマホを閉じる。

啓介はトイレに立つふりをして、ホテルに連絡をし、空いている客室でほぼ最高の部屋を取った。

千詠子はマスターとの会話を愉しみながら、黒いハイヒールの爪先を上げ下げしている。啓介は、その尖《とが》った爪先で股間をなぞられている気がして、早くもイチモツが力を漲《みなぎ》らせてきた。

里美の話によれば、千詠子は黒縁メガネで傷ついた自分を護っているらしい。

それとなく周囲から聞き出したところによれば、千詠子は三年前に同年代の男性社員と大恋愛をして、もう少しで結婚にゴールインというところで、その男に裏切られた。

彼は会社を辞めて、ひそかにつきあっていたもうひとりの女と、駆け落ち同然に地方へ逃げたらしい。

そのことを伝えると、里美はこう言った。

『だから言ったでしょ。千詠子さんは男を愛して傷つくことを恐れているの。だから、自分を慈《いつく》しむように包み込んでくれるオジサマに本能的に惹《ひ》かれている。千詠子さん、あの大きな黒縁メガネで自分を護っているのよ。あれを外させたら、勝ち。きっとなだれを打つように戸部さんに甘えてくるから』

それを聞いた途端に、心もあそこもびくんと躍りあがった。

決してシモネタは話さず、紳士を演じるように言われた。向こうから来るのを待つようにと……。

二度はそのとおりに振る舞って、大人の男を演じてきた。その成果が出たのだろう。

閉店までいて、啓介はいつものように店にタクシーを呼んでもらった。

タクシーが来て、千詠子が乗り込む際に、啓介も隣に乗る。

エッという顔をする千詠子の手を握って、運転手にホテルの名前を告げた。

高層ホテルの三十七階にある角部屋は、他の客室よりもひろく、眺望がきいている。

部屋に入り、カーテンを開けて都心の夜景に目をやった千詠子が、振り返って言った。

「さすがね。今夜のわたしの気持ちも汲《く》んでくれたのね」

啓介はドキドキしつつも、後ろから抱きついた。本来の自分はそれほどに女心を読めるオジサマではない。

背中を預けて、千詠子が言った。

「ふふっ、戸部さんの指南役って、里美さんなんでしょ？」

「えっ……？」

「わたしね、観察力がすぐれているって言われているの。彼女がメールであなたを操《あやつ》っていたんでしょ。だって、彼女がいなくなるとあなたのところにメールが届くんだもの」

見抜かれていた――。終わったと観念した。だが、そうではなかった。

「大丈夫よ。戸部さんみたいな素直なオジサマ、好きよ。カワイイわ」

千詠子がメガネを外して、窓下に置いた。くるりと振り向いて、抱きついてきた。

キスをしながら、ぎゅっとしがみついてくる。

想像していた展開とは違う。だが、これは想像以上だった。

ルージュの光る唇は柔らかく、吐息からは甘い生クリームとシェリーが香る。

「いやだ。戸部さん、もう硬くなさって……」

千詠子がキスをやめて、ズボンの股間に触れた。

目の前には、千詠子の裸眼の顔があった。すっきりとした顔つきで、目鼻立ちはくっきりしているが、どこか繊細《せんさい》で危うさを感じさせる。

千詠子が会社ではメガネをかけて、いつも地味な髪形をしている理由がわかった。この美貌でお洒落《しゃれ》な格好をされたら、周りの男は仕事が手につかない。

長い睫毛《まつげ》が重なって、閉じられる。

こうしてほしいのだと感じて、啓介はキスをする。唇を合わせて抱き寄せると、しなやかな肢体がしなって、身体の凹凸《おうとつ》がわかる。

千詠子は唇を吸われながらも、おろした手で股間のものを情感込めて、さすってくれる。

イチモツがギンと力を漲らせて、もっと触ってくれとばかりにズボンを押しあげる。

里美と一戦を交えてから、啓介の分身は好調だ。しばらく鳴りをひそめていたチンチンが、今はわずかな刺激で頭を擡《もた》げてくる。

千詠子が啓介の手をつかんで、スカートのスリットに導いた。

つるつるすべすべしたパンティストッキングの感触があって、太腿の丸みが感じられる。スリットの上端から手をすべり込ませると、すぐのところに太腿の付け根があって、内側には柔らかな女の秘密が息づいていた。

（ここが千詠子さんの……！）

信じられなかった。会社では経理主任を務めるクールビューティのオマ×コを、今、触っているのだ。

そして、千詠子は唇を重ね、舌をからめながらも、啓介の勃起《ぼっき》をしごいてくる。

啓介が太腿の奥をさすると、

「ぁああ、ダメっ……」

千詠子がくなっと腰をよじった。

高層ホテルの窓際で、相互愛撫を繰り返していると、

「やってみたいことがあるの、いい?」

そう言って、千詠子がニットに手をかけた。

ニットが抜き取られて、ぶるんと豊乳がこぼれでた。黒地に赤い薔薇《ばら》の刺しゅうが鮮やかなブラジャーが目を惹く。

(さすがだ……下着のセンスがいい!)

千詠子はさらにスカートをおろして、パンティストッキングを脱ぐ。

ハイレグパンティも黒に赤い薔薇の模様で、しかも、まだハイヒールを履いているので、すらりとした脚線美がいっそう際立っている。

「用意をする間、課長は服を脱いでください」

「ああ、脱げばいいんだな。わかった」

運動不足の醜い体を見られるのはいやだが、ここは素直に従いたい。里美も言っていた。

『オジサマは一般的に弱点といわれるものを持っていたほうがいいんですよ。オジサマ好きの女性はそういうところをカワイイと感じるんだから。男性があまり

完璧だと、女性はコンプレックスをかきたてられてしまうの。清潔感を保って、いやな匂いさえなければ、オジサマはありのままでいいんです。普段着のほうが女性も寛《くつろ》げますから』

その言葉を信じ、啓介は裸になって、バスローブをはおった。これでどうにか、歳なりの貫禄《かんろく》は出てきたはずだ。

「これ、さっきお店にお土産として頂いたのよ」

千詠子が、窓辺に置いてある応接セットのテーブルに、イチゴショート二つとシャンパンの小瓶を置いた。シャンパンはすでに栓《せん》が抜かれていて、白い泡がはみだしている。

「これ、たぶんお店が二人を祝福するために持たしてくれたんだと思うのね。こういう使い方はどう？」

千詠子はシャンパンをグラスに注《つ》いで、それを口に含み、ひとり用ソファにあがり、腰かけている戸部の下半身をまたいだ。

向かい合う形で、キスをして、口のなかのシャンパンを静かに口移しで呑ませてくれる。

（これは、たまらん！）

甘さと渋さがマッチしたシャンパンの気泡が口中で弾《はじ》ける。しかも、千詠子は流し込み方のタイミングや量が上手で、とても呑みやすい。

「美味しい？」

口のなかを空にして、千詠子が微笑《ほほえ》んだ。

「ああ……」

啓介の答える声が上擦《うわず》っていた。

ブラジャーがたわわな丸みを寄せて押しあげ、下半身の薔薇が咲いたようなハイレグパンティが、啓介の肉棹《にくざお》を上から押さえつけている。

「じゃあ、もう一杯」

千詠子は後ろに手を伸ばし、小瓶を取り、ラッパ呑みした。その瓶を啓介に持たせて、ふたたび唇を合わせてくる。

キスをしつつ、口移しにシャンパンを呑ませながらも、千詠子は腰を前後に打ち振る。パンティとその中身が勃起をぐりぐりと擦《こす》りつけてきた。

（うおおっ……！）

啓介は歓喜した。パンティの基底部が明らかに湿っている。

千詠子は口移しでシャンパンを呑ませ終えると、ソファから降りた。もう一度、シャンパンを口に含み、啓介の下腹部に顔を寄せる。

啓介のイチモツはギンギンにそそりたっている。

何をするのかと見ていると、千詠子が勃起に唇をかぶせて、頬張《ほおば》ってきた。

「ぁああ、くっ……」

啓介が最初に感じたのは、冷たさと弾ける気泡だった。

前にしゃがんでいる千詠子は見あげて、にっと口角《こうかく》を引きあげ、すっと口を離した。

「おっ、あっ……沁《し》みる！　くうぅ、たまらんよ」

きっとアルコール分が空気に触れると、沁みる感じになるのだろう。

「どうなさったんですか？」

千詠子がわざとらしく首を傾げる。

「わかってるだろ、沁みるんだよ。スースーするんだ。ヒイー」

「じゃあ、これで中和しましょうね」

千詠子はショートケーキの生クリームを指ですくって、いきりたつものに塗りつける。二度ばかり指ですくって擂《す》り込み、それを舌で延ばしていく。どんどんイチモツが白くなっていった。

もちろん、これも初体験である。食べ物をフェラチオに使ってはマズいのではないかと思いつつも、ぬるり、ぬるりと生クリームが全体に延ばされる感触がとても気持ちいい。

「やっぱり、人って甘いものには唾《つば》がたくさん出るのね。口のなかがもう唾でいっぱい。これなら、すぐにおチンチンもきれいになりそう」

千詠子はセミロングのさらっとした髪をかきあげて言い、生クリームのまぶされた肉棹の下側をツーッ、ツーッと舐《な》めあげる。

「美味しい！　課長のおチンチン、甘くて美味しい！」

破顔して言い、今度は亀頭部《きとうぶ》に付着した生クリームを舐めとっていく。細くて長い舌がクリームを舐め取る際に、表面を微妙に刺激してきて、啓介は思わず、

「あっ、くっ……」

と、喘《あえ》いでしまう。

千詠子は亀頭冠《きとうかん》の裏側についたクリームも丹念に舐め、唇をかぶせてくる。

ゆっくりと頬張って、根元まで唇をすべらせる。

陰毛に唇が接するまで咥《くわ》えて、ぐふっ、ぐふっと噎《む》せた。苦しいはずなのに、

さらに奥まで呑み込み、舌をからませる。

（おおう、長い舌がねっとりと……気持ちいい……まさか、経理部のクールビューティが俺のチンチンをおしゃぶりしてくれるとは……夢なら、覚めないでほしい）

そう願わずにはいられなかった。

千詠子は上まで唇をすべらせ、いったん吐き出して、言った。

「甘くて、唾が止まらない」

見ると、確かに赤い唇が唾液でぬるぬると光り、口角には生クリームが白濁液のように付いていて、とてもエロチックだ。

千詠子は少し上から唾液を垂らし、頭部をねろねろと舐める。

それから、ジュル、ジュルルといやらしい唾音を立てて啜りあげながら、本体に唇をすべらせる。

「ぁああ、くっ……千詠子さん、最高だ。あなたにここまでしてもらえて、俺はもうこのままぽっくり逝《い》ってもいいよ」

「そんなこと、おっしゃらないで。まだまだこれからが本番でしょ」

千詠子はちらりと見あげて、睾丸袋《こうがんぶくろ》にまでしたたった唾液を舐め取るように裏筋に舌を走らせる。

3

千詠子は向かい合う形でソファ椅子にあがり、またがってきた。黒地に赤い薔薇のパンティのクロッチをひょいと横にずらして、啓介のものをつかんで導く。

ギンとしたものが濡れた膣口《ちつぐち》を押し広げていく。腰を落とすと、ぬるぬるっと奥にすべり込んでいき、

「はうぅぅ……！」

千詠子がのけぞりながら、しがみついてきた。

「おぉ、くっ……！」

と、啓介も奥歯を食いしばる。

千詠子の体内は充分に濡れているとは言えないが、そのきつさが刺激的だ。

「キスして」

千詠子が少し上から唇を重ねてくる。

最初はおずおずとしていたが、どんどん積極的になって、舌を入れ、からめて

くる。

生クリームの味がするのは、さっき啓介の生クリーム付きペニスを頬張ったからだろう。

（うん、やはりこの生クリームは甘すぎず、ちょうどいい感じだ）

自社製品のショートケーキは、啓介が開発したものだから、いっそう誇らしく感じる。

千詠子の口からあふれた唾液がとろとろと口腔《こうこう》にしたたって、それが味覚のアクセントになっている。

「ぁあああ、気持ちいい……課長のおチンチン、大きすぎず、小さすぎず、ちょうどいい……ぁあああ、自然に腰が動く」

千詠子は両手を肩について、上体を離し、腰を前後に揺り動かす。

膣のなかの潤《うるお》いが急激に増し、屹立《きつりつ》が潤滑油まみれの粘膜をぐりぐりと捏《こ》ね、

「ぁあああ、いいの。いいの……止まらない。腰が止まらない……きっと、しばらくぶりだからだわ……」

千詠子が言う。

「そうなんだ？」

「ええ……課長もご存じなんでしょ、恋人に逃げられた話……あれから、していなかったから」

「そうか……じゃあ、俺は責任重大だな」

「考えすぎですよ。わたしはね、戸部さんの大きくてひろい懐《ふところ》のなかで、自由に遊ばせてもらえればいいの。セックスの上手い下手の問題じゃないのよ」

千詠子がまたキスをしてきた。情熱的に舌をからめながら、自分から腰を揺すって、

「ぁああ、気持ちいい」

唇を離してのけぞった。

唾の糸が引くのを見ながら、啓介は言う。

「ブラを外していいかな」

「外したいの？」

「ああ……」

「いいわよ。でも、自分でするから」

千詠子が両手を背中にまわし、ホックを外して、ブラジャーを肩から抜き取っていく。

こぼれでてきた乳房のあまりの美乳ぶりに目を見張った。直線的な上の斜面を下側の充実しきったふくらみが押しあげて、赤い乳首がツンと威張ったようにせりだしている。

「きれいなオッパイだね」

「そう？」

「ああ、美乳だ」

しゃぶりつくと、千詠子が「あん」と愛らしく喘いだ。

向かい合う形の座位で、啓介は乳房を揉《も》みしだき、乳首を舐めしゃぶる。

「ぁああ、すごくいい……恥ずかしいわ。腰が勝手に動く……ぁああ、ああああ、イキそう」

「イッていいよ」

「だったら、バックがいいわ。わたし、バックがすごく感じて、イキやすいの」

千詠子が自ら結合を外して、啓介が立ちあがるのを待ち、後ろ向きで、ソファ椅子の肘掛《ひじか》けに両手を突いた。

さっき脱いでいたハイヒールをふたたび履いたので、すらりとした脚線美が強調されている。

ウエストがきゅっとくびれていて、発達したヒップが女の豊かさを伝えてくる。

「お尻が大きくて、恥ずかしいの。大きいでしょ？」

「このウエストのくびれとヒップの比率がすごいな。どこかで読んだことがある。この比率が大きいほど、男は本能的に惹かれるらしいよ。つまり、きみはセックスアピールが強いってことだよ」

「だといいんだけど……ぁあ、ねえ、舐めて、お願い」

千詠子がくなっと腰をよじった。

嬉々として、ハイレグパンティのクロッチを横にずらすと、ぷっくりとした肉土手が現れた。赤い狭間《はざま》はぬめ光って、膣口がわずかに顔をのぞかせている。

クロッチをずらしたまま、そこを舐めた。ぬるっ、ぬるっと舌がすべり、

「ぁああ、あああ……いい。入れた後に舐められると、すごく感じるのよ」

千詠子がとてもクールビューティとは思えないことを言う。

「そ、そうか……」

啓介はその言葉を頭に叩き込んで、狭間に舌を走らせ、さらに、クリトリスにちろちろと舌を打ちつける。

「ぁああ、ぁあああ、もう我慢できない。欲しいわ。入れて、課長のおチンチンが欲しいの」

千詠子がせがんでくる。

(よし、入れてやる！)

啓介は立ちあがって、いきりたつものを尻の谷間に沿っておろしていき、沼地へと押し込んでいく。

さっきとは違い、入口だけでなく、奥のほうも濡れている。スムーズに切っ先がすべり込んでいって、

「はうぅぅ……！」

千詠子ががくんと顔を撥《は》ねあげ、背中を反らせた。

(ああ、すごい……ぎゅんぎゅん締めつけてくる)

啓介は逸《はや》る気持ちを抑えてゆっくりと腰をつかう。

この前の里美とのセックスで、焦ったストロークは禁物《きんもつ》だと身に沁みてわかっていた。

だが、このスローピストンが意外に功を奏したりするから、セックスは奥が深い。

「ぁあああ、いい……焦《じ》れったいけど、それがいい……恥ずかしいわ。腰が勝手に動くのぉ」

千詠子は物足りなくなったのか、自分で腰を前後に揺らして、深いストロークをせがんでくる。

ふと見ると、二人の姿がカーテンの開け放たれた窓にはっきりと映り込んでいた。

「窓を見てごらん。いやらしく腰をつかうきみが映ってるぞ」

千詠子はちらりと窓に目をやって、「いやっ」と顔をそむけた。

だが、腰振りは止まるどころか、ますます激しくなっていく。

「恥ずかしいわ、これ……いやいや……ぁあうぅ」

千詠子は高層ホテルの窓に映る二人の姿を横目に見ながら、自ら腰を振る。

最初は恥ずかしがっていたのに、しばらくすると、自己陶酔《じことうすい》したような視線を窓のなかの自分に送る。

その姿を見ているうちに、啓介も昂奮してきた。千詠子の腰の揺れに合わせて、少し腰を突き出してみる。

勃起の先が子宮口をぐんと突いて、

「はうっ……！」

千詠子が顔を撥ねあげた。

また動きを止めると、千詠子が自分から腰を振りはじめた。

「ああ、わたし、何てことをしているの……ぁああ、止まらない」

椅子の肘掛けをつかんで、腰をくねらせる。尻がせまったときを見計らって、ひと突きすると、

「ぅあっ……！」

嬌声《きょうせい》をあげ、がくん、がくんと震える。そのたびに、膣も締まって、肉棹を食いしめてくる。

（くうぅ、たまらない！）

啓介は夢のような出来事に酔いしれる。

（里美ちゃんの言うとおりにしてよかった。まさか、あの今井千詠子とベッドインできるとは。それに、想像以上にエロい！）

啓介は感激しつつ、千詠子の腰の動きに合わせて、時々腰をつかう。

省エネセックスである。

もう若い頃のような体力はないので、エネルギーは温存して、小出しにした

い。ガソリンがなくなれば、性欲も衰えて、勃《た》つものも勃たなくなる。

省エネ・スローセックスが、オジサマ族の取る最適の方法なのだ。

もっと突いてほしいのにとばかりに、もどかしそうに腰を揺すっていた千詠子が、言った。

「そろそろベッドに行きたいわ。このままで……」

「このまま？」

「ええ、つながったままで……」

千詠子が振り返って、とろんとした目を向ける。

啓介は過去のセックスを思い出し、腰を引き寄せ、挿入《そうにゅう》が外れないようにして、千詠子をベッドへと押していく。

（こういうときは……）

千詠子は上半身を泳がせ、ふらふらと絨毯《じゅうたん》の上を歩く。ダブルベッドにたどりついたところで、いったん結合を外し、パンティを脱がせた。

それから、千詠子をベッドに這《は》わせ、自分もベッドにあがって、真後ろに膝《ひざ》を突く。

細くくびれたウエストから急激に尻が張り出していて、その逆ハート形のヒップが眩《まぶ》しいほどの光沢を放っている。

亀頭部で、尻たぶの底をなぞると、ぬるっとした粘膜の感触があって、

「ぁあぁ、気持ちいい……そのカチンカチンが欲しい……お願い、焦らさないで、早くぅ！」

千詠子が大きな尻をくねらせて、せがんでくる。

沼地に狙いをつけて押し込んでいくと、ぬるぬるっと嵌《は》まり込んでいき、

「ぁあああ……いい！」

千詠子がシーツを握りしめ、背中を反らした。

足をひろく開いて、上体は伏せている。その女豹《めひょう》が獲物を狙うようなポーズがたまらない。

温かくて蕩《とろ》けた粘膜が勃起をきゅっ、きゅっと奥へと引き込もうとする。

4

ベッドに這っている千詠子の腰をつかみ寄せて、啓介はゆっくりとしたストロークで攻める。このほうが、粘膜がペニスにまったりとからみついてきて、啓介も気持ちいい。

「ぁあああ、すごい……スローなピッチが気持ちいい。戸部さん、やっぱりわたしが思っていたとおりだった。セックスが達者なのね」

千詠子が顔を横向けて、啓介を見た。その冴《さ》えざえとした美貌にくらっときた。

「そ、そうか……じゃあ、いろいろとやってみていいかな?」

「ええ……熟年のバックを見せていただきたいわ」

「よし……待ってろ」

啓介は腰をつかみ寄せて、短いストロークでゆっくりと肉路の浅瀬を突いた。カリが膣の襞《ひだ》を外側へとめくりあげるような形だ。

「ぁああ、気持ちいい……Gスポットが気持ちいい……ぁあああ」

千詠子が陶酔したその瞬間を見計らって、力を込めた強烈な一撃を奥に浴びせると、

「ぁああん……っ!」

びっくりしたようにして、千詠子が身体をのけぞらせる。

千詠子がもっと深い突きを期待しただろうときに、今度はまた、浅瀬へのスローなジャブに切り換える。

さっきと同じように三回浅瀬をストロークして、四拍目にズンッと奥に届かせる。何かにぶち当たる感触があって、

「ぁあぁん……！」

千詠子の顔が撥ねあがった。

その三浅《さんせん》一深《いっしん》を何度も繰り返していくと、千詠子が四拍目の強いストレートに身構えるのがわかる。だが、ここは敢えて深い突きはせずに、しばらく浅瀬を往復させる。「えっ？」とでも言うように、千詠子がこちらを見た。

今だとばかりに、渾身《こんしん》のストレートを浴びせると、

「うはっ……！」

千詠子が背中を反らせ、がくん、がくんと震える。

そのまま、連続して深いところにストロークを叩き込んだ。

「あんっ、あんっ、あんっ……ぁあああ、すごい。戸部さん、すごい……あんっ、あんっ、あんっ……ぁあああ、もう、ダメぇ！」

千詠子は痙攣《けいれん》しながら、前に倒れようとする。

その右腕をつかんで、後ろに引き寄せた。

「ぁああ……これ」

肘を後ろに引くと、千詠子も腕を握り返してきた。これをすると、打ち込みの衝撃が逃げずに、もろに伝わるはずだ。それに、女性は手をつないでいるという安心感で、いっそう高まることができる。

五十八歳のオジサンになれば、このくらいはわかる。その姿勢で、つづけざまに奥まで打ち込むと、

「あっ……あっ……ぁああ、強烈すぎる」

千詠子が顔を横向けて、眉根《まゆね》を寄せる。

鼻梁《びりょう》が尖《とが》り、ととのった横顔が、今は泣き出さんばかりにゆがんでいる。

啓介はそこでまたスローピッチに切り換える。連続して強く叩きつければ、疲れる。疲れたら、性欲は低下する。

ゆっくりと浅瀬を突く。突くというより、引く。カリが粘膜を擦りあげていって、

「ぁああ、これ……おチンチンを感じる……ねえ、こっちの手も……」

千詠子が左手を後ろに差し出してきた。

(こうしてほしいんだな)

啓介は左腕の肘をつかんで、後ろに反った。両手を引っ張られて、千詠子の上

体が斜めの位置まであがってくる。

啓介はのけぞるようにして、深いストロークを送り込む。激しく動かずに、ゆっくりとなかへすべらせていく。

「これもいい……ぁああ、蕩けちゃう……ぁあああ」

千詠子が陶酔したような声をあげる。

横を向いて窓ガラスを見ると、両腕を後ろに引っ張られて上体を浮かし、背中を反らせた千詠子の姿がはっきりと映っていた。

徐々にピッチをあげていく。パチン、パチンと乾いた音が撥ねた。

「あんっ、あんっ、あんっ……ぁああ、すごい。すごい！　ぁあああぅ」

心から感じているという千詠子の喘ぎ声を聞いて、

(俺もやれば、できるじゃないか！)

啓介は自分に自信が持てた。

しかし、この体位は体力の消耗が激しい。少し休んで、体力の回復を待ちたい。そのためには……。

千詠子の手を離して、女上位のバックを求める。

啓介がベッドに仰臥《ぎようが》すると、千詠子が後ろ向きにまたがってきた。

くる。

蹲踞《そんきょ》の姿勢になって、いきりたつものを濡れ溝に擦りつけ、慎重に沈み込んでいって、勃起が温かい蜜壺に嵌まり込んでいって、

「ああっ……！」

千詠子ががくんと上体を反らせた。

もう一刻も待てないとでもいうように、尻を上下させる。後ろ向きでスクワットをしている感じだ。肉感的な尻が縦に揺れて、

「あっ、あっ、あん……」

千詠子は亀頭部が奥を突くたびに、甲高《かんだか》い喘ぎを放つ。

（くうぅ、気持ちいい……思っていたより身体能力が高い）

運動神経がいい女は、セックスにも強い。これは、万人が認めるところだろう。

尻を打ちつけていた千詠子が、ぐっと前に屈んだ。両手を啓介の足の外に突いて、尻を振りあげ、頂点から打ちおろしてくる。

パチン、パチンと音が立ち、尻と下腹部がぶつかって、

「おお、くっ……ダメだ。強烈すぎる。出てしまうよ」

思わず訴えていた。

すると、千詠子はさらに、乳房が足に接するまで前屈した。

（こ、これは……！）

風船のようにふくらんだヒップの割れ目にセピア色のアヌスがのぞいている。

その下では、蜜まみれの肉柱が膣口にずっぽりと嵌まり込んでいるところまで見える。

千詠子がゆっくりと腰を振りあげ、おろす。すると、肉柱が赤い粘膜に吸い込まれ、そして、出てくる様子がはっきりと目に飛び込んでくるではないか。

（すごい！　しかも、これをしているのは、経理の知性派美女なのだ）

里美の『メガネを外させることに成功したら、がらっと変わりますよ』という言葉を実感した。

次の瞬間、何かがぬるっと足を這っていく。ひどく気持ちがいいが、これは何だろう。

横から見て、驚いた。

千詠子は赤く長い舌をいっぱいに出して、啓介の向こう脛《ずね》を静かに舐めているのだ。

（こんなことが、できるのか？）

啓介には初体験だった。五十八年生きてきて、バックの騎乗位で腟を舐められたことなどない。

向こう腟は『弁慶《べんけい》の泣きどころ』というくらいで、皮膚と骨との距離が近い。つまり余分なものがないから、感覚がダイレクトに伝わってくる。

「ああ、気持ちいいよ。ぞわぞわする。しかも、きみのあれが丸見えだ」

思わず言っていた。

「ふふっ、あれって、何ですか？」

「つまり、その……ケツの孔《あな》とオマ×コだよ。しかも、俺のあれがずっぽり嵌まってる……ああ、ゴメン。言いすぎた」

「いいんですよ。オジサマはスケベなほうがいいのよ。スケベが当然でしょ。わたしはスケベなオジサマが好きですよ」

千詠子はうれしいことを言って、膝から足首へと舐めあげてくれる。身体も前後に動いて、膣がきゅっ、きゅっと肉茎を締めつけてくる。

「あの……尻に触っていいかい？」

おずおずと訊いた。

「いいですよ、もちろん。課長のスケベ心を見せてくださいな」

そう言って、千詠子は向こう脛を舐めながら、たわわな乳房を擦りつけてくる。

啓介は両手を伸ばして、尻たぶをつかんだ。ゆっくりとひろげると、アヌスの孔が開いて、クレーターみたいな窄《すぼ》まりと、その下の肉棹が嵌まり込んでいる膣口がはっきりと見えた。

「ぁああ、恥ずかしいわ。そこまで見ないで……」

口ではそう言いながらも、千詠子はくなり、くなりと腰を揺する。次の瞬間、アヌスがきゅんと窄まって、膣口もイチモツをぎゅっと締めつけてきた。

「あうう……きみ、わざと締めてるんだろ」

「そうですよ。わかります？」

「ああ、わかるよ。アヌスを締めると、膣も締まる」

「もしよかったら、アヌスを触ってみてください。大丈夫ですよ。よく洗ってありますから」

千詠子が誘うように、アヌスをひくひくさせる。

啓介は右手の指を舐めて、唾液をなすりつけるように、窄まりの周囲に触れてみた。

月のクレーターのようなアスヌがイソギンチャクみたいに窄まって、その中心に指を添えると、奥へと引き込まれていく。

「おおぅ、すごい吸引力だ」

「ふふっ、わたし、いつもお風呂でここに指を入れて洗っているから、人差し指くらいは入るかもしれませんよ」

千詠子がまさかのことを言う。

「興味はある。だけど、それは次回にまわすよ。今はこっちのほうが大切だ」

啓介は両手を伸ばして、尻をつかみ、ゆっくりと上下させる。尻が縦に揺れて、肉柱が体内にずぶずぶと入り込んでいき、愛蜜があふれた。

「ぁあああ、いい……これ、いい……焦らさないで。もっと、もっと……」

千詠子が自分から腰をつかいはじめた。

5

バックの騎乗位でまたがった千詠子が、ゆっくりとまわりはじめた。そそりたつ肉棹を軸にして時計回りで身体の向きを変え、向かい合う形になった。

（ああ、きれいだ！）

　メガネを外した千詠子は、さらっとしたセミロングの髪が卵形の顔にかかり、魔性的な女らしさが加わって、拝顔するだけで、啓介の胸は高まる。

（つきあっていた男性社員は駆け落ち同然にいなくなったから、クールビューティのこの裸眼の美貌を満喫できているのは俺だけだろうな）

　見とれていると、千詠子は上体を曲げ、唇を合わせてきた。啓介の唇を舐めて濡らし、ぬるぬると唇を擦りつけてくる。

（くうぅ、気持ちいい！）

　唇というのは唾液で濡らすと、なめらかになって、とても感触がいいものらしい。

　唾液をいっぱいに出すことがキスの秘訣《ひけつ》なのだろう。

　濡れた舌が差し出されて、啓介も舌を動かす。濡れた舌と舌がぬらぬらとからみあって、羽化登仙《うかとうせん》の快感である。

（なるほど……キスの悦《よろこ》びはこういうところにあるのか！）

　五十八歳になって、ようやくキスの魅力に目覚めるとは、いささか遅すぎる。

　いや、気持ちいいのは、キスだけのせいではない。千詠子はキスをしながら、腰を上げ下げするので、そのたびに分身がキツキツの粘膜で擦りあげられるのだ。

その間も、潤沢《じゅんたく》な唾がぬらぬらと唇を濡らしてくる。

(天国だ。いや、天国のはるか上だ……!)

唇がずれて、千詠子が耳に息を吹きかけてきた。

「ひえぇっ……!」

素《す》っ頓狂《とんきょう》な声をあげる啓介に、

「気持ちいいでしょ?」

千詠子が耳元で囁《ささや》く。

「ああ、ぞわぞわするよ」

「これは?」

今度は耳の内側に、なめらかな舌が這った。

「ぁああ、くっ……!」

「ふふっ、今、戸部さんのおチンチンがわたしのなかでビクッって……お若いんですね」

「いや、きみが達者だから」

「あらっ、それって褒《ほ》め言葉ですか？」

「も、もちろん。経理のプロのきみがまさか夜のほうもこんなに達者だとはね」

「おいやですか？」

「ううん、全然。むしろ、このギャップに萌《も》えるよ」

「よかった。オジサマって、ギャップ萌えする方が多いらしいですよ」

「たぶん、俺もそうだ」

「もう、心の底からスケベなんだから」

急にかわいらしく言って、千詠子は耳を舐めながら、腰をつかう。

気持ち良すぎた。

「ああ、一生こうしていたいよ」

「オジサマはこういうことを言ってくれるから、好き。女のツボをよくご存じだわ」

千詠子は耳元で甘く囁き、ゆっくりと腰を上げ下げする。

「おおぅ、くっ……」

快感に喘いでいると、千詠子が言った。

「わたしをぎゅっと抱きしめながら、下から、突きあげてください」

「こ、こうか？」

啓介はしなやかな背中と腰に手をまわして抱き寄せ、腰を撥ねあげた。

女上位の千詠子の裸身を抱き寄せながら、ゆっくりと下から突きあげると、イチモツが狭い膣を斜め上方に向かって、擦りあげていき、

「あん、あん、あんっ……ぁあぁ、すごい。奥が、奥が……」

千詠子がぎゅっとしがみついてくる。

「奥が、いいの？」

「はい。当たっています」

「じゃあ、こうしたほうがいいかな？」

啓介は裸体を抱き寄せながら、ぐいと深いところに打ち込んで、そこで、腰をまわすようにして奥を捏ねてやる。

ぐりぐりと子宮口を切っ先が突きまわす感触があって、

「ぁあぁ、これ……あっ、ああぁ、はうぅ……へんになるぅ」

千詠子がますます強くしがみついてくる。そして、耳元で、

「ぁあぁ、あああ、やめて、もうやめて……」

息も絶え絶えに訴えてくる。啓介が勃起を引いていくと、

「ああ、やめないで。さっきみたいにぐりぐりして、お願い……」

千詠子が哀願してくる。

啓介としても、ピストンしなくてもいいから体力的には楽だ。腰を激しく振ると、あっという間にガソリンがなくなる。

ぐりぐりと捏ねる前に、小休止して体力を回復したい。背中を曲げて、千詠子の胸に顔を寄せた。

直線的な上の斜面を下側の充実したふくらみが持ちあげた乳房を揉みながら、乳首を舌で転がす。赤くせりだした乳首を舐め、吸うと、

「ぁああ、いい、いいの……」

千詠子がもどかしそうに腰を揺する。

よし今だ、とばかりに、啓介は胸から顔を出して、ストロークを再開する。つづけざまに深いところに差し込み、ヒップをつかみ寄せて、奥のほうをぐりぐりと捏ねる。

「ぁああ、これ……くっ、くっ……ぁあああ、許して、もう許して……」

千詠子はさしませった様子で、がくん、がくんと震えはじめた。

「もしかしてイキそう？」

「はい……へんなの。わたし、へんなの……突きあげてください。思い切り、奥を……」

千詠子が耳元で訴えてくる。

（よし、今だ……！）

オジサンは攻めるべきときには、攻める。機《き》を見るに敏《びん》――は、どんな世代でも大切だ。

幸い、男が下になる体勢は多少無理をしても、さほど息は切れない。

腰をつかみ寄せて、下からぐいぐいと腰を突きあげた。

「あんっ、あんっ、あんっ……すごい。奥が……！」

千詠子はますますぎゅっとしがみついてくる。

啓介はぐんと突きあげておいて、奥のほうを捏ねる。切っ先で粘膜を押すようにすると、

「ぁあああ、イキそう……わたし、イキそう……イッていいですか？」

千詠子が顔の横で訊いてくる。

「いいぞ。イッていいぞ。そうら……」

力を振り絞って、つづけざまに奥まで届かせ、ぐいと捏ねたとき、

「ぁあああ、イクぅ！」

千詠子が顔を撥ねあげて、啓介の上でのけぞり返った。

6

気を遣《や》ってぐったりした千詠子を、啓介は腕枕していた。

女をイカせた後での腕枕ほど、大切で愛《いと》おしい時間はない。

女性は昇りつめてしまえば、変わる。今も千詠子は気を遣った悦びと満足感にひたって、ぐったりと身を任せている。

「大丈夫？」

「ええ……恥ずかしいわ。戸部さんとは初めてなのに、あんなになって……」

千詠子が横から甘えてまつわりつく。

「ありがとう、イッてくれて。こっちまで幸せな気持ちだよ」

「でも……戸部さん、まだ出してないでしょ？」

千詠子が右手をおろして、股間のイチモツを確かめる。それは時間が経過して、小休止している。

「いいんだよ。この歳になると、自分が出すよりも、女の人がイッてくれたほうが満足感があるんだ」

啓介の本心だった。

「さすがだわ……接して漏らさずね。若い子じゃ、無理。だから、年上の男性が好き」

千詠子は胸板に頬擦《ほおず》りしながら、股間のものをやわやわとあやしはじめた。

「そんなことすると、また、したくなっちゃうぞ」

「……してほしいわ」

そう言って、千詠子は啓介の黒ずんだ乳首に、ちゅっ、ちゅっとキスをする。

この機会に、確かめたかったことを言う。

「こんなこと訊くのも何だけど、千詠子さんは元カレのことはいいのかい？」

「……もう忘れました。いえ、正直に言えば、まだ引きずっているかも……だから、戸部さんとエッチして、忘れたいの」

「そうか……そういうことなら、もう一回頑張ろうかな」

「やさしいんですね」

「それしか取り柄がないだろ」

「そんなことないですよ。戸部さんはステキですよ。包容力があるし、エッチのともすごく落ち着いているし、ここの持続力がすごいし……」

千詠子は覆《おお》いかぶさるようにして、小豆色《あずきいろ》の乳首を舐めながら、下腹部のイチモツをやさしく撫《な》でてくる。

セミロングのさらさらの髪の毛先が胸をくすぐってくる。なめらかな舌で乳首をれろれろっと弾《はじ》かれ、イチモツを睾丸《こうがん》とともに繊細なタッチであやされる。

「ふふっ……」

千詠子は艶めかしい笑みを残して、下半身へと顔を移した。足の間にしゃがんで、半勃起状態のものを腹に押しつけ、裏のほうをツーッ、ツーッと舐めあげる。

千詠子自身の愛蜜がまだ乾ききっておらず、濡れているものに、厭《いと》うことなく、丹念に舌を走らせる。

「硬くなってきたわ。ほんとうにお元気なんですね」

「あ、ああ……そうかな」

「お元気ですよ。今だって、あっという間に……」

千詠子は裏筋を何度も舐め、皺袋《しわぶくろ》をやわやわと揉みつつ、鼠蹊部《そけいぶ》のあたりをもう一方の手で撫でてくれる。

その献身的で繊細な愛撫に、啓介の分身はいきりたつ。

千詠子は裏筋の発着点に舌を打ちつけながら、髪をかきあげて「どう、感じていますか」というような顔で、啓介を見あげてきた。

五十八歳とは思えない角度でそそりたつものを千詠子は頬張り、唾音を立てつつ、唇と指でしごいてくる。

ちゅっぱっと吐き出して、握りながら言った。

「これが欲しいわ」

「よし、今度は俺が上になるからな」

千詠子をベッドに寝かせ、啓介は膝をすくいあげた。そうしておいて、女の割れ目にしゃぶりつく。何度も舌を走らせると、

「ぁああ……気持ちいい。もう欲しくてたまらない。入れて、お願い……」

千詠子がもどかしそうに尻を振り、眉を八の字にして哀願してくる。

啓介は上体を起こして、いきりたちを花芯に押しつける。位置をさぐりながら進めていくと、分身がとろとろの粘膜を押し広げていき、

「はうぅぅ……！」

千詠子が両手で頭上の枕をつかんだ。

腋《わき》の下をさらした、しどけない姿に昂奮して、両膝の裏をつかみ、ひろげながら押しつける。

ぐいと力を込めると、千詠子の尻がわずかに浮き、膣と勃起の角度がぴたりと合って、挿入が深くなるのがわかる。

「ぁああ、これ……」

そう言う千詠子の足の指が開いて、親指が反っている。たまらなくなって、啓介はその足を寄せて、足裏を舐めた。

「はあん……いや、いや、ダメよ」

そう言いつつも、千詠子の足指はさらにひろがり、反り返る。光沢のある爪が妖《あや》しく光っている。

足裏を舐めていると、膣がびくびくっと強烈に締めつけてきて、啓介は「うっ」と呻《うめ》く。

（すごい！　なかが触手《しよくしゆ》のようにうごめいている！）

一気に昂奮して、啓介は知らずしらずのうちに腰をつかっていた。

両膝の裏をぐっとつかんで押しつけ、無残な格好にひろがった太腿の付け根の孔に、いきりたつものを深く埋め込んでいく。

ふんと丹田に力を込めると、分身が上を向いて、その先っぽで膣の天井を擦りつつ、奥へと差し込む。

ぐちゅ、ぐちゅと粘着音がして、いささか濁った愛蜜がすくいだされ、

「ぁああ、いい……ほんとうにいいの……イッてしまう。わたし、またイク……戸部さん、出して。ちょうだい。あなたも出して！」

千詠子が言う。

「いいのか？」

「大丈夫よ。安全な日だから……ちょうだい」

「そうか……おおぅ、うあああ……！」

啓介は奥歯を食いしばって、一気呵成《いっきかせい》に攻める。

強く打ち込むと、千詠子の持ちあがった腰も揺れて、突きと揺れがぴったりと合い、一気に高まった。熱い塊《かたまり》がふくれあがってきた。

「イキそう。また、イク……いい、イッていい？」

「ああ、イキなさい。俺も出す……！」

膝裏をつかむ指に自然に力がこもった。つづけざまに深いところに打ち込んで、奥をひと捏ねりする。引きながら、カリで粘膜を引っかく。

「ぁああ、もう、ダメっ……来る、来る、来るぅ……いやぁあああああ！」

千詠子が嬌声を噴きあげて、のけぞり返った。

真っ白な喉元《のどもと》を見ながら、駄目押しの一撃を叩き込んだとき、啓介も目眩《めくるめ》く絶頂へと押しあげられた。

第三章　わがままな新人OL

1

「わたし、ほんとにドジで、課長さんにはご迷惑ばかりかけて……頑張りますので、見放さずに、ご指導をお願いいたします」

スイーツバー『ゆりかご』のカウンター席で、森下瞳《もりしたひとみ》が深々と頭をさげた。

白いブラウスの上からひとつ外された胸ボタンの襟元《えりもと》には、たたわわな胸の谷間がのぞき、戸部啓介はドキッとしながらも、

「いやいや、きみはよくやってくれているよ。それに、今夜は仕事の話はなしにしよう。せっかく、きみの好きなスイーツバーに来たんだから、愉《たの》しめばいいさ」

啓介はそう言って上司の貫禄《かんろく》を見せる。

「でも、わたし、全然お酒に強くなくて」

「好きなスイーツを食べながら、アルコール度数が低くて、なおかつ、そのスイーツに合うお酒をチョイスしてもらえばいいさ。マスターに任せておけば、大丈夫だから」

啓介が言うと、マスターの塩谷がとっておきの笑みを浮かべて、うなずいた。

やはり、塩谷も男。かわいい女の子には愛想がよくなるようだ。

瞳は『Ｈフーズ』に今年入社した、総務部所属の二十三歳の若いＯＬで、ミドルレングスの髪が似合う清楚《せいそ》で愛らしい顔をしている。それでいながら、胸は豊かで、肌もすべすべで、とにかく男受けがいい。会社も、来年あたりには、受付嬢にしたいようだ。

「じゃあ、まずは大好きなフルーツタルトからいただきたいです。合うお酒を選んでもらっていいですか？」

「承知いたしました。戸部さま、辛口のシャンパンでよろしいですか？」

マスターが戸部を見た。

「いいですよ、もちろん」

塩谷がシャンパンの栓《せん》を抜き、それをグラスに注《つ》ぐ。

そして、川島里美がタルトの用意をする。この二十六歳の愛らしいバーテンダー見習いは、今や切っても切れない啓介の恋愛の師匠である。

啓介はこれという女性を、オジサマ好きかどうかを里美に判断してもらうために、このバーに連れてきている。

瞳が大の甘党だと聞いて、誘ったところ、この日なら大丈夫です、と言うので連れてきた。

もちろん、上司の誘いを断りにくいという事情もあるだろうが、それにも増して、瞳はスイーツ大好き女子のようだ。今も、カウンターに出されたフルーツタルトを見て、あふれでる唾を必死に押さえているのがわかる。

黒目勝ちの瞳は、透《す》きとおるような鳶色《とびいろ》で、瞳という名前がこれほどぴったりくる女性はいない。

気泡が立ちのぼるシャンパンでカンパイをして、呑《の》む。美味しい。柔らかな清涼感が喉《のど》を通りすぎていく。コクもある。

「味はどう？　甘党でも、シャンパンなら、そんなに酔わないだろう」

「はい、これなら大丈夫そうです」

瞳はにっこりして、もう待ちきれないとでもいうように、フルーツタルトをフォークで口に入れる。

「美味しい……！」

目を閉じて、味わう。その反った首すじが清楚でありながら、色っぽい。

無意識にやっているのだろう、赤い舌が出て、口角《こうかく》に付いた生クリームをさっとすくいとった。

（エロいじゃないか！）

啓介の股間の分身がぐんと頭を擡《もた》げてきた。

瞳はスイーツを次々と食べ、マスターが作ったカクテルも美味しそうに呑んだ。

（呑みすぎじゃないか。だけど、好きな食べ物をこれだけ胃袋に入れているんだから、大丈夫だろう）

啓介はそう考えていた。

しかし、甘かった。

徐々に瞳の様子が変わってきた。ついには、スツールから降り、ふらふらしながらトイレに向かう。ちっとも帰ってこないので、里美が様子を見に行った。

しばらくして、里美が瞳に肩を貸すようにしながら戻ってきて、啓介を見た。

「戸部さん、タクシーを呼んでいいですか？　瞳さん、相当お酔いになっているので、送っていかれたほうがいいかと」

啓介はうなずいて、瞳をテーブル席のソファに座らせる。その間に、塩谷がタクシーを呼ぶ。

「すみません。わたし、こんなにお酒を美味しく感じたことなくて、呑みすぎてしまいました。醜態《しゅうたい》を見せて、すみません……」

瞳がさかんに頭をさげる。

マズいのは、もう身体のコントロールができないのか、膝《ひざ》がだらしなく開いて、短めのスカートから、意外にむっちりとした太腿《ふともも》が見えてしまっていることだ。

見るに見かねたのか、里美がコップの水を飲ませたり、横に倒れそうな身体を支えたりと奮闘している。そうこうしている間にタクシーが来て、

「心配だから、送っていく」

と、啓介は瞳と一緒に乗る。

瞳に住所を訊《き》いて、運転手がナビにそれを打ち込んだ。これなら、たとえ途中で眠ってしまっても、たどりつける。

スタートしてしばらくしたとき、瞳がこっくり、こっくりしながら、頭を啓介

の肩に預けてきた。困ったことに、彼女の左手が偶然にも、啓介のズボンの股間に触れている。

（ああ、マズい……！）

分身がむくむくと頭を擡げてきた。

しかも、タクシーがカーブにさしかかるたびに、瞳の身体も揺れて、何かにつかまりたいという本能が働くようで、手指が啓介のいきりたつものを握ってくるのだ。

「くっ……！」

ズボン越しにだが、はっきりと瞳のしなやかな指を感じる。

ドライバーは近道をしようとしているのか、裏道を次々と曲がる。その都度揺れを封じようとして、瞳がイチモツをぎゅっと握ってくる。

（ううっ、気持ちいい……どうしたら、いいんだ？）

運転手の様子をうかがっていたとき、スマホにメールが入った。里美からだ。

あわてて、読む。

『瞳さん、オジサマ好きだけど、大の甘えん坊さん。きっと、戸部さんに甘えたいんだと思う。甘えさせてあげて。でも……彼女はとても面倒な女の子。やれると思うけど、やっちゃったら、すごく面倒なことになる。でも、面倒な子ほどかわいかったりするの、わたしみたいに（笑）。やるときは、ちゃんと覚悟をしてやってね。セックスはまだ幼いと思う。いっそのこと、開発しちゃったら。じゃあね』

頭が混乱して、啓介はもう一度、読んだ。

『面倒な子』と、『いっそのこと、開発しちゃったら』というフレーズが頭のなかで鳴り響いている。

2

二人を乗せたタクシーが、瞳のマンションに到着した。

瞳を降ろしたものの、足元がふらついていて、これでは、部屋までたどりつけるかどうか心配だ。

（ここは部屋まで送っていくしかないだろう）

タクシーはまた拾えばいい。それに、いいことができる可能性だってある。料金を払って、タクシーには行ってもらい、瞳に肩を貸した。

右手で脇の下を支えると、ちょうどそこにオッパイがあって、ぶわわんとした豊かな弾力を手のひらに感じる。それに、先ほどまであそこを握られていたので、股間はいまだに突っ張っている。

エレベーターを使い、苦労して、５０３号室の前までたどりついた。鍵を開ける瞳の所作《しょさ》が頼りなげで、心配になってしまう。

ドアが開くと、瞳が啓介の手をぐっと引き寄せた。

「ちょっと……」

『やっちゃったら、面倒な子』という里美の警告が一瞬、脳裏をよぎって、腰が引けた。

「課長さんまで、わたしを見捨てるんですかぁ？」

瞳が両手で、啓介の腕を握って、体重を後ろにかける。その甘えたような仕種《しぐさ》と、酔いで赤らんだ顔に魅了されつつも、答える。

「いや、そうじゃないけど……こんな時間に独身女性の部屋に男の上司が入るのは、マズいだろう」

「大丈夫です。わたし、このこと絶対に言いませんから。課長、わたしをこんなに酔わせて、このまま放っていくんですか、見捨てるんですか、やっぱり奥さまが怖いんですか？」

「そうじゃないさ」

「だったら、休んでいってくださいよ」

「わかった。少しだけな」

押し切られて、啓介は玄関に入り、施錠した。

「課長、歩けません。連れていってください。お姫様ダッコで」

瞳がコートを脱ぎ捨てて、両手でしがみついてくる。顔がかわいいし、言い方も仕種も愛らしいから、たとえそれがブリッコでも、すべてを許すことができる。いや、むしろうれしい。

「しょうがないな、森下くんは」

ぐいと横抱きにしたまま、降ろすところをさがした。ワンルームマンションで、降ろす場所はベッドしか見当たらなかった。

そっと慎重に、瞳をシングルベッドに寝かせる。ベージュのベッドカバーに仰《あお》向《む》けになった瞳の姿がキュートすぎた。

髪が乱れて、額《ひたい》が出ている。白いニットの裾《すそ》がめくれて、素肌のお腹が出ている。片方の足だけ曲げて、フラット記号みたいになった足は、スカートが短いせいで、むっちりとした太腿が際どいところまでのぞいてしまっている。

啓介は急にドキドキしてきた。下腹部のものがズボンを突きあげている。

（マズいぞ、これは……やっちゃいそうだ）

踵《きびす》を返そうとしたとき、瞳がこちらを向いて、寂しそうに声をかけてきた。

「帰っちゃうの？」

「あっ、いや……」

「ねえ、課長さん、お水が飲みたい。冷蔵庫に入ってるから」

瞳が身体をこちらに向けた。両膝を合わせて曲げ、片手を顔の下にして、じっとこちらを見ている。

（くう、かわいすぎる！）

啓介はまわれ右をして、冷蔵庫に向かった。

酔っぱらった瞳にせがまれて、啓介は冷蔵庫からミネラルウォーターを取り出し、コップに注ぐ。それをベッドに持っていくと、瞳が甘えた声で言った。

「ゴメンなさい。わたし、起きられなくて……お水を口移しで飲ませてもらえませんか？」

「口移し……！」

啓介はためらう。先日、今井千詠子に口移しでシャンパンを呑まされた。しかし、今度は飲ませるほうだ。しかも、相手は来年には受付嬢確定の愛らしい総務部の二十三歳。

マズいのではないか。大いにマズい——。

それに、里美が『やっちゃうと面倒な子』と警告していた。だが、もう一度、

「喉が渇いているの。お水を飲みたいです」

そう男にすがるような目を向けられると、啓介の警戒心は簡単に消えた。

オジサンは頼りにされると弱い。

こんな愛らしい子に甘えられ、懇願されて、それを拒むオジサンなどいない。

それができる男をオジサンとは言わない。

「しょうがないな」

啓介はコップの冷えた水を口に含んだ。それから、ベッドに仰臥《ぎようが》している瞳に覆《おお》いかぶさるようにキスをし、少しずつ水を押し出し、飲ませていく。

少量を口移しすると、瞳はこくっ、こくっとかろやかな喉音を鳴らして、送り込まれた水を嚥下《えんか》する。

飲み終えたのを確認して、啓介はもう一度、少量の水を落としていく。

瞳は一滴も洩《も》らさないとばかりに、啓介の口に吸いつき、こくっ、こくっとか

わいく喉を鳴らす。

親鳥に餌《えさ》をもらうために嘴《くちばし》を開けている雛鳥《ひなどり》のような必死な飲み方を、啓介は愛《いと》おしく感じてしまう。

何回かに分けて、口移しを終えた。だが、終えたはずなのに、瞳は唇を離さない。啓介の頭や首に手をまわし、しがみついている。

「うううう っ……！」

啓介は引き剥《は》がそうとした。しかし、ぎゅっと抱きつかれて、唇を合わせつづけられるうちに、自分でもどうしたらいいのか、わからなくなってきた。

瞳は、啓介の唇を舐《な》めて唾液で濡らし、さらに、舌でちろちろと唇をくすぐってくる。それから、歯列の間に舌を差し込んで、啓介の舌をとらえ、ねろねろとからませる。

（くうぅ、これで自分を抑えろというほうが無理だ）

『面倒な女』という里美の警告が脳裏から消えて、『男の欲望』に取って代わられる。

長く情熱的なキスを終えたときには、啓介の分身はぎんぎんにふくれあがっていた。

それを感じ取ったようで、瞳の手がおりていき、

「課長さん、すごい！　もう、こんなになさって」

いきりたつ股間を、やさしく丁寧《ていねい》に、その硬さを確かめるがごとく触って、うふっと微笑《ほほえ》んだ。

（かわいい……！）

つぶらな瞳の目尻がさがって、とても愛嬌《あいきょう》がある。

瞳はまるでピアノの鍵盤でも弾《はじ》くように、五本の指を駆使して、柔らかく袋や本体にタッチする。そうしながら、舌をいっぱいに伸ばして、啓介の唇をなぞり、さらには口の周辺に舌を這《は》わせて、

「オヒゲがチクチクする」

かわいく顔をしかめた。

さらに濃厚なディープキスをしながら、ズボン越しに、股間のいきりたちを情熱的に握りしごいてくる。

啓介は、新人ＯＬの予想外の大胆な愛撫に驚いた。

もちろん、酔っているせいもあるのだろうが、やはり、今の若い女の子はマセているのだ。

キスを終えると、瞳の透きとおるような鳶色の瞳がうるっとして、息づかいも色っぽく、喘《あえ》ぐようなものに変わっていた。

（ええい、もうこうなったら、腹を据《す》えて瞳ちゃんをいただこう。これだけ身をゆだねられて、逃げたりしたら失礼にあたる）

オジサンは据え膳を食らう。

瞳がブラウスを脱ぐのを見て、啓介も裸になる。さすがに、ブリーフだけはつけておく。

その間に、瞳は下着姿になった。

ラベンダー色の刺しゅう付きブラジャーが丸々とした、たわわな乳房を寄せて持ちあげ、左右の丸みが中央でせめぎあっている。

パンティもラベンダー色だが、とにかく面積が少なく、デルタ地帯がかろうじて隠れている。

「失礼するよ」

そう言って、啓介はベッドに寝た。すると、瞳は啓介のほうを向いて横臥《おうが》し、胸板に顔を寄せてくる。

瞳はちょっと変わっていた。

まず、啓介の腕をあげさせて、あらわになった腋《わき》にキスをし、かろやかに舐めた。そうしながら、片方の足を啓介の下半身に乗せているので、太腿の弾力や下腹部の湿りを感じる。

「いい匂いがする。甘酸っぱいチーズみたいな香り」

瞳は腋の下から顔をあげて、今度は胸板にキスをする。

ちゅっ、ちゅっと乳首をついばみ、舌を這わせる。乳首を上下に舐め、ちろちろっと横に弾いた。それから、頬張《ほおば》ってかるく吸う。

「くっ……！」

ぷにぷにした唇を押し当てられて、舌でれろれろされると、えも言われぬ快感がひろがってくる。

「すごく気持ちいいよ。びっくりしたよ。まさか、きみがこんなに上手だとはね」

思わず言っていた。

「そうですか？　わたし、まだあまり男の人は知らないけど、とにかく殿方に気持ち良くなってもらいたいんです」

「それはいい心がけだ」

「課長さんには奥さまがいらっしゃるでしょ。でも、いいの。わたし、奥さまから課長さんを奪おうなんて全然思ってない。今がよければいいんです」

「うん、そう言ってもらえると助かる。きみは理想的な女の子だね」

「そう？　うれしいな」

瞳はキスをおろしていき、手のひらで脇腹をなぞり、臍《へそ》に接吻した。ちゅっ、ちゅっと唇を押しつけ、臍の窪《くぼ》みを舌でくすぐってくる。その間も、ブリーフの上からいきりたちをさすっている。

（おいおい、話が違うぞ。里美は、面倒な子って言っていたけど、全然面倒じゃない。むしろ、男には都合のいい女じゃないか！）

瞳の顔がおりていき、ブリーフ越しに股間のふくらみにキスをしてくる。上から舐めるので、ブリーフが唾液を吸って湿り、その間接的な刺激がまた心地よくて、分身がさらにぐんと頭を擡げてきた。

瞳はブリーフの脇から手をすべり込ませる。あっと思ったときは、勃起《ぼっき》を握られていた。

ブリーフの内側でいきりたつものを握ってしごかれる。その間も、瞳は太鼓腹や太腿にキスをしたり、舐めたりしてくれる。

（ああ、最高だ。この子は面倒な子じゃない。その反対だ。里美でも見間違いをすることがあるんだな）

そのとき、ブリーフがさげられて、足先から抜き取られた。

啓介が剝《む》きだしになった勃起を手で隠す間にも、里美はブラジャーを外し、パンティも脱いだ。

（おおぅ、すごい！　想像以上にグラマーだ）

やや小柄だが、乳房はいい具合に突き出ているし、尻もぷりっと張っている。バランスが取れていて肌はすべすべだ。とくにオッパイは大きめで、形も素晴らしい。

里美が足の間にしゃがんで、啓介の足をつかんであげた。何をするのかと見ていると、ふくら脛《はぎ》から膝の裏、さらに太腿に舌を走らせる。いっぱいに出した舌で、啓介の足を舐め、徐々に下腹部に向かってくる。

（ううっ、ご奉仕力がハンパじゃない）

ふいに、この子は俺みたいな下っぱではなく、会社の重役の愛人になったら、絶対に成功するだろうと思った。

ねっとりした舌が這いあがってきて、とうとう本体に達した。

しかも、啓介の足を持ちあげて、鼠蹊部《そけいぶ》から本体へ、皺袋《しわぶくろ》の際から本体へと、様々な角度から舐めあげてくるのだ。

瞳の顔がさがっていった。

あっと思ったときは、皺袋自体を舐められていた。皺のひとつひとつを伸ばすように丹念に舌を這わせる。

「あっ、ああ……気持ちいいよ」

思わず言うと、

「課長さんのタマタマ、ひくひく動いてますよ。うれしそう……」

瞳は股の間からちらりと啓介を見て、さらに顔を低く埋《うず》めていった。

「あっ、そこは……くっ……おい、よしなさい。おっ、あっ……」

啓介は何ともみっともない声をあげていた。瞳の舌が睾丸《こうがん》とアヌスを結ぶ筋、すなわち蟻《あり》の門渡《とわた》りを舐めてきたからだ。

ぞくぞくっとした戦慄《せんりつ》が走り、イチモツがますます力を漲《みなぎ》らせる。

なめらかな舌がコーモンに伸びたのには、驚いた。

「おい、そこは……くっ……あっ、やめなさい……ひぃっ！」

啓介は喉を絞っていた。

「課長さんのお尻の孔《あな》、ひくひくしてますよ。ほら、こうやって指で触れると……すごい、イソギンチャクみたい。貪欲《どんよく》ね。わたしの指を吸い込もうとしてる」

「いや、いや、そうじゃなくて……」

「ふふっ……こうしちゃおうかな」

瞳がアヌスを舐めてきた。ぬるっ、ぬるっとたてつづけにコーモンを舌がなぞりあげてくる。

「……やめてくれ……ほんと、ダメだって、それはダメだって……ぁあうぅ」

啓介が呻《うめ》いたのは、いきなり、本体を頬張られたからだ。

瞳はぱっくりと勃起を口におさめ、指でコーモンをこちょこちょとくすぐってくる。

「あっ、こら、おい……くっ、くっ……お尻はやめてくれ……」

啓介は必死に訴える。

しかし、瞳はいさいかまわず本体に唇をすべらせながら、コーモンをいたぶってくる。

「ああ、ダメだ。気持ち良すぎる……やめてくれ。もう、もう……」

「ふふっ、課長さん、いいんですよ、出しても」

「いや、出したくない」

「じゃあ、どうしたいんですか？」

「どうって……きみの、なかに入れたい」

「ええ、もう、ですか？」

「ああ、一刻も早く」

「しょうがないな。課長さんは堪《こら》え性《しょう》がなくて……」

瞳が上体を立てて、またがってきた。

啓介の下腹部をまたいで、蹲踞《そんきょ》の姿勢になった。それから、肉棹《にくざお》をつかんで、濡れ溝に擦《こす》りつけ、それが馴染《なじ》むと、慎重に腰をおろしてくる。

先っぽが熱いとば口を突破して、ぬるぬるっと奥へと嵌《は》まり込んでいき、

「くっ……あああ！」

瞳はのけぞりながら喘ぎ、切っ先が奥まで届くと、がくがくっと震えた。

それから、膝をぺたんとベッドに突いて、腰を前後に揺らせる。

「ああ、気持ちいいんです……！」

瞳は感に堪えないといった声をあげ、さらに、激しく腰を振る。

気持ちいいのは瞳ばかりではない。啓介も一気に追い込まれた。

瞳のなかは熱く火照《ほて》り、しかも、怒張《どちょう》したイチモツの形に馴染んだ粘膜がぴったりと吸いついて、からんでくるのだ。

瞳が腰を振るたびに、隙間なく張りついた粘膜がうごめきながら、締めつけてくる。

（うおお……想像と全然違う。いい意味で裏切られた）

正直言って、このまだ二十三歳の新人ＯＬがこれほどに恵まれた肉体の持ち主だなんて、つゆとも思っていなかった。

（ヤバいぞ。俺はこの子から離れられなくなるんじゃないか）

不安になったとき、瞳が膝を立てた。

Ｍ字に足を開き、腰を上下に振りはじめた。

ストン、ストンと腰が落ち、そこで、ぐりぐりと旋回《せんかい》する。

瞳はまた腰を持ちあげていき、トップから落とし込む。切っ先が奥にぶち当たると、

「あんっ……！」

顔をのけぞらせて喘ぐ。

くっ、くっと奥歯を食いしばりながら、また腰をグラインドさせる。

（激しい。激しすぎる）

啓介はもたらされる快感に耐えた。ギンギンになったものがぶんまわされて、揉《も》み抜かれる。

スクワットするみたいに腰を上下に振っていた瞳が、

「……あっ！」

かるく絶頂に達したのか、がくがくっと震えながら、前に突っ伏してきた。

覆いかぶさってきた肢体を抱きしめていると、瞳はいったん顔を持ちあげて、乱れた髪をかきあげ、じっと啓介を見た。

「わたし、今、課長さんとひとつになっているんですね。夢を見ているみたい。でも、これは夢じゃないですよね」

「あ、ああ……もちろん。夢じゃない。現実だよ」

「困ったわ。わたし、明日から会社でどんな顔して課長さんと逢えばいいのかしら？」

「普通でいいよ」

「できるかな」

瞳が小首を傾げて、じっと啓介を見た。それから、また腰を振りはじめる。

3

騎乗位で上にいる瞳の胸に顔を埋めるようにして、乳房の先を舐めた。ちろちろっと左右に弾いて、チューッと吸い込むと、

「あんっ……それ、感じます……ぁああ、あまり吸わないで。伸びちゃう。わたしの乳首が伸びちゃう……ぁあうぅぅ」

瞳が細かく震えた。同時に、膣《ちつ》が啓介のイチモツをぎゅっ、ぎゅっと締めつけてくる。

（おお、すごい……若いと締まりが違う！）

啓介はこの体位を長引かそうとして、じっくりと攻める。

オジサンになると、自分が上になって女を組み伏せ、ガンガン打ち据えることがつらくなる。あっという間にガソリンがなくなって、ガス欠を起こす。

それを考えると、この女性上位はとてもありがたい。自分は下になっていればいいのだから、体力の消耗をふせぐことができる。

それに——最近、里美、千詠子、瞳と、つづけざまにラッキーなベッドインを

経験して、実感したことがある。それは、最近の女性はどうやら騎乗位を好むらしいということだ。

ひょっとすると、これは女性の社会的地位の向上と関連しているのかもしれない。

啓介も会社ではセクハラにならないように、大変な努力をしている。女性は社会的に強くなりたいと考えているのだから、それをベッドでも実践していただきたいものだ。具体的には、やはり騎乗位だろう。

女性の社会進出は、夜の騎乗位を後押しする――。

だとしたら、オジサンにとって、女性が強くなるのは大変ありがたいことだ。その恩恵をベッドで受けられるのだから。

乳輪がひろい、ピンクの乳首を舐めていると、瞳がキスを求めていた。

啓介は胸から顔を出して、瞳と唇を合わせる。

すると、瞳は甘く鼻を鳴らして、情熱的に唇を合わせ、舌をからめてくる。

長いキスを終えると、瞳はぎゅっと抱きついて、言った。

「幸せです……こうやって、課長さんの胸に顔を埋めているだけで、すごく安らぐ。課長さんみたいに落ち着いた人、今までいなかったな。わたしのすべてを受け入れてもらえそう」

「いやいや、買いかぶりだよ。俺なんか、たんに年食っているだけだから」

「そこです。男の人って、みんな自慢をしたがるでしょ。でも、課長さんにはそういうところがないもの。聞き上手だし、甘えさせてくれるし……」

瞳は上から、鳶色の透きとおった瞳を向けて、唇にちゅっ、ちゅっとキスを浴びせてくる。それから、腰を振って、

「あっ……あっ……」

悩ましげに眉根《まゆね》を寄せて、喘ぐ。

おそらく意識的にやっているのだろう。時々、ぎゅっ、ぎゅっと膣肉がイチモツを強く締めつけてくる。

「気持ちいいですか？」

「ああ、すごく。締めてくれると、ありがたいよ」

「ありがたいって？」

「まあ、いろいろとね」

騎乗位の難点は、女性が動かないと、肝心のものが勢いをなくすことだ。つまり、チンチンが中折れする。締めて、動いてもらうと、分身に血が通う。

瞳はキスをしながら、啓介の乳首を指でくすぐってくる。こちょこちょされると、乳首が女のように勃《た》ってしまう。

それに気づいたのか、瞳が言った。

「いやだ。課長さんの乳首、オッきくなってきた」

「そうか？　きっと、瞳ちゃんの愛撫が上手だからだよ」

「うれしい。初めて、瞳って呼んでくれた」

微笑んで、瞳は乳首を舐めてきた。

長い舌をいっぱいに出して、「ぁあん、ぁあん」と甘くぐもった甘え声とともに、乳首をなぞってくる。

啓介が思わず震えると、

「カワイイ！　今、女の子みたいに震えた」

満足げに見て、瞳は上体を立てた。

後ろに手を突いて、少しのけぞった。Ｍ字開脚した姿勢で、下腹部を後ろに引いたり、前に突き出したりしてくる。

すごい光景だった。

若草のように淡い繊毛《せんもう》からは恥丘《ちきゅう》が透《す》け出していて、その下の小さな膣口にギンとした愚息が嵌まり込み、根元のほうが見え隠れする。

里美は、瞳のセックスはまだ幼いはずと言っていた。が、その予想はよい方向に外れた。

これでは、自分が育て、開発していく余地はなさそうだ。しかし、それならそれでいい。

「すごく上手だね。びっくりしたよ」

「ふふっ……今、女性用のAVがあって、それを見ているの……今の若い女の子をナメないほうがいいですよ。興味ある子はすごく勉強しているから」

啓介はそれをありがたいことと感じた。

若い頃は、受け身の女性が圧倒的に多かった。しかし、セックスだって他と同じで、ギブ・アンド・テイクを基本としている。与えるだけでは、疲れてしまう。とくに、現在の啓介の年齢では――。

（しかし、エロいな……まさか、あの瞳ちゃんがこんなにエッチだったとは）

会社では、森下瞳を「まだ、処女じゃないか」とウワサする男性社員もいた。

その社員に、この淫《みだ》らな腰づかいを見せたら、どんな顔をするだろうか。

瞳の腰振りが徐々に速く、大きくなっていった。

「くっ……あっ……くっ……あっ……」

瞳は声を押し殺していたが、やがて、

「ああ、止まらない。課長さん、恥《は》ずかしい。腰が勝手に動くのぉ」

そう言って、啓介に救いを求めるような潤《うる》んだ目を向ける。

下から突きあげて、一気にケリをつけるという選択もあった。しかし、最近啓介はスローセックスを旨《むね》としている。

腹筋運動の要領で上体を持ちあげた。

対面座位である。

瞳がキスを求めてきた。最近の若い女の子はキスが好きだ。昔はこんなにちゅっ、ちゅっしなかった。

瞳は上から唇を重ねながら、もどかしそうに腰を振る。といっても、この格好ではそんなに激しくは動けない。

啓介はキスをおろしていき、乳房に貪《むさぼ》りついた。よく吸えるようにと、瞳は距離を取り、後ろに手を突いている。

啓介は乳首を舌で転がし、頬張った。

「ぁああ、これ……ヤバい。ヤバいよ……ぁああ、我慢できない」

瞳が自分から腰をつかいはじめた。

乳首を舌でレロレロされて、さかんに腰を振る瞳を見ていると、啓介も自分から打ち込みたくなった。

オジサンは最後に上になり、猛烈に腰を振って、お姫様にイッていただくことに主眼を置いている。

啓介は結合したまま瞳の背中に手を添えて、そっと後ろに寝かせる。

仰臥して、瞳は膝を曲げて立てている。その足の下に、啓介の足が入り込んでいる。

その姿勢でかるくジャブを放った。短いストロークで肉棹が瞳の体内をうがち、

「あんっ、あんっ、あんっ……」

瞳は突かれるままに前後に動き、愛らしい声を放つ。お椀形の乳房がぶるん、ぶるんと揺れている。

こうして見ると、額《ひたい》が出て、とても愛らしい。自分が攻めているときは達者なのに、いざ受け身になると、若さが出る感じだ。これは、里美と同じだ。

啓介は膝を抜き、上体を立てる。すらりとした足の膝裏をつかんで、ひろげな

がら腹に押しつける。

「ぁああ、いや、恥ずかしいよぉ」

大股開きにされて、結合地点があらわになり、瞳が顔をそむけた。

「すごく刺激的な格好だよ。男はすごく昂奮する。たまらないよ」

「そうですか？」

「そうだよ。瞳ちゃんはとくに陰毛が薄いから、丸見えだ。入っているところがよく見えるよ」

「いやぁん……エッチ。課長さん、思ってたよりずっとエッチだわ。それに、意地悪……」

「そうだよ。俺は、じつはチョー意地悪な悪代官《あくだいかん》なんだ。こんなこともしちゃうんだから」

啓介は持ちあがっている足の片方を引き寄せて、足の裏をツーッと舐める。

「いやん、くすぐったい……ダメ、ダメ、ダメっ……ぁあぁん」

瞳が顔をのけぞらせて、シーツをつかんだ。

啓介はそのまま爪先を頬張り、小さな親指をしゃぶる。ねちねちと舌をからませ、いやらしく舐める。

足の爪は珊瑚色《さんごいろ》の光沢を放ち、健康そうに輝いている。小指に向かうにつれて、徐々に面積が少なくなっている爪を、ひとつずつ頬張って舐めた。

「ぁああ、初めてよ。こんなの初めて……ぁあああ、何か、気持ちいい。何か、幸せ。ぁああああ」

最後に足裏を舐めて、啓介はまた膝裏をつかんで押しひろげた。その姿勢で、ゆっくりとストロークする。

浅瀬をゆるやかに突いていると、瞳は「ぁああ、これ気持ちいい……」と顔をのけぞらせる。

徐々に深くしていき、途中まで打ち込んで、そこから引く。押すときよりも、引くときにより力を込めると、カリが粘膜を逆撫《さかな》でするのがわかり、

「ぁああ……ぁああ……すごい。すごい……」

瞳が喘ぐ。膣の感じるポイントは、大きく分けて、入口から数センチ入ったところの天井にあるGスポットと、奥の子宮口にあるポルチオだと言われる。

今、啓介が攻めているのは、手前側のGスポットである。このスポットをかるく圧迫しつつ、前後に擦ると、女性の性感は一気に高まるらしい。今まであまり気にしたことはなかったが、そろそろ意識しなければいけない年代になってい

る。

啓介は少しずつ強いストロークに切り換えていく。この体勢だと奥を突きやすいから、さほど疲れない。

かるく腰を振るだけで、切っ先が奥にも届いて、自分が瞳を支配しているという気持ちが強くなった。そして、瞳は奥を突かれるたびに、

「あんっ……！」

と喘ぎ、身体をのけぞらせる。

どうやら、瞳はＧスポットだけでなく、奥のポルチオも感じるようだ。若い女はポルチオを突かれるのがつらいという人もいるから、瞳は恵まれている。

（よし、ここは一気に！）

たてつづけに奥まで届かせると、

「あんっ、あんっ……ぁあああ、ダメっ、ダメ、ダメ……ほんとうにダメなの」

瞳が腰をひねって、ペニスから逃れようとした。

「キツいのかい」

「ええ、奥はつらいの。それに、わたし、これまで膣イキしたことがないの」

「そうなの？」

瞳がうなずいた。

「でも、感じないってわけじゃない。すごく気持ちいいの。だから、わたしがイケなくても気にしないで。ほんとうに、大丈夫だから。戸部さんに抱かれているだけで、幸せなんだから」

瞳がぱっちりした目を向けてくる。

「だから、出してください。わたしのことは気にしないで……出してくれたほうが、うれしいんです」

瞳の気持ちがひしひしと伝わってきた。

だが、どうせなら、瞳をイカせたい。たとえイカなくても、その状態近くまでは持っていきたい。

そう願うのは、自分がオジサンだからだろう。オジサンは困っている女を助けたい、と常に思っている。

(じゃあ、どうすればいいのか?)

啓介は膝を放して、覆いかぶさっていく。腕立て伏せの形で訊いた。

「瞳ちゃんは、オナニーではイクの?」

瞳が頬を赤らめて、うなずいた。

「どうやって？」

「クリちゃんを……その、指で……」

「じゃあ、クリトリスならイクんだね？」

「そう……でも、あそこに指は入れていないのよ」

「なるほどな。だけど、解決策が見つかったような気がする」

啓介はついばむようなキスをして、舌を差し出す。すると、瞳は自分から長い舌を出して、ちろちろとからめ、ぎゅっと抱きついてきた。

やはり、甘えん坊さんなのだ。きっと、こうしてキスをして抱きついているときが、もっとも幸せなのだろう。

啓介は舌をからめ、唇を合わせながら、静かに腰を動かす。ぐちゃぐちゃと屹《きっ》立《りつ》が粘膜を擦りあげていき、

「んんっ……んんんんっ……！」

瞳はキスしながら呻き、やがて、顔を離して、のけぞらせる。

「ぁああ、気持ちいい……こんなに気持ちいいのに、どうしてイケないのかしら？」

「心配ないよ。それに、イクことがすべてじゃない。セックスはその一瞬、一瞬

を愉しむことがいちばん大切なんだ。男はみんなそう思ってるよ」

乳房の頂《いただき》に貪りつくと、

「あん……！」

瞳が愛らしく喘ぐ。

4

啓介は充分に乳首をかわいがってから、瞳に言った。

「瞳ちゃん、悪いけど、自分でクリちゃんを触ってくれないか？」

「えっ、自分で、ですか？」

「ああ……できれば瞳ちゃんにイッてほしくてね」

「いいですけど……」

瞳がおずおずと右手を伸ばしてきたので、啓介は指でクリトリスをタッチできる余地を与えようと、少し後ろにのけぞった。

すらりとした中指が結合地点をくりくりと転がしはじめる。

イチモツが嵌まり込んでいる膣の上方を指腹でこちょこちょしては、

「何かこれ、すごく恥ずかしい……見ないでください。見ないで……ああ、良くなってきた。ああうぅ」

若草のように薄い恥毛の下のほうを、クリアカラーのマニキュアが光る指で円を描くようにまわし揉みする。それから、おずおずと左手で乳房をつかんだ。

きっと、オナニーしているときの癖が出たのだろう。右手でクリトリスを捏《こ》ねながら、左手で乳房をつかんで、荒々しく揉みしだく。

（そうか……瞳ちゃんは、こうすれば気持ち良くなるんだな）

男は女性がオナニーするところを見ておく必要がある。たとえば、今、瞳は乳首を親指と中指で挟んで、側面をくりくりと転がしている。ということは、男も乳首をこう攻めたら、すごく感じるのだ。

そこに、人差し指が加わった。

つまみ出されて、伸びている乳首の頭頂部を人差し指がトントンと叩いている。このノックするようなやり方が気持ちいいようだ。つぎに、攻め方が変わり、二本の指を伸ばして、その指腹で乳首全体をぐりぐりと捏ねはじめた――と思ったら、今度は乳首を中心にふくらみをぎゅっとつかみ、強弱つけて揉みしだいて、

「あっ、あっ……」

瞳は悩ましく顔をのけぞらせる。

いつの間にか、腰をせりあげている。

勃起が入り込んでいる膣の上のほうを指先で捏ねては、もっと欲しい、とばかりに下腹部をぐいぐい持ちあげる。

「ピストンしようか？」

「はい……欲しい。突いて」

「よし、いくぞ」

啓介は、曲げた膝を押し開きつつ、抜き差しをはじめる。

オナニーで高まっていく瞳を見ているうちに、中折れしかかっていた分身がまた元気を取り戻していた。不肖のムスコは、若い頃はどんな相手、そして、どんな状況でも、女の裸を見ればおっ勃った。

だが、オジサンになると、そうはいかない。心から昂奮していないと、勃起は持続しない。

瞳のようなかわいい子が、自らを高めようと自慰をする。その欲望に、素直ではあるが、どこかあさましく感じる所作《しょさ》を、エロいと感じてしまうのだ。

ピストンすると、勃起の上側に瞳の指を感じる。肉芽《にくが》をこちょこちょしている動きを感じる。それがまた刺激になって、イチモツがいきりたつ。

膝裏をつかんでひろげながら、ゆっくりと腰をつかう。

「あっ、あっ、ぁあああ、気持ちいい……いつもと違う……ぁあああ」

瞳が悩ましく喘いだ。

「イキそう……イクかもしれない」

瞳がさしせまった声をあげ、乳房を荒々しく揉みしだき、結合地点に伸ばしている指でクリトリスを激しく捏ねた。

「いいんだよ。イッていいんだよ」

啓介も抜き差しを強くする。

しかし、あまり強く打ち据えると、肉芽を捏ねる瞳の指を邪魔しそうで、一定以上は強く叩き込めない。

（これは、膣イキではなくて、クリイキではないか。しかし、一応チンチンは膣に嵌まって、擦っているのだから……）

そう考えつつ、指の邪魔をしてはいけないと、途中までのストロークをつづけた。

「ああん、ダメ……ゴメンなさい。無理みたい」

諦めたのか、瞳が指の動きを止めた。

(イケそうだったのに、やはりダメか……)

啓介が困っていると、瞳が言った。

「あの、寝バックしてもらっていいですか?」

「いいけど……どうして?」

「恥ずかしいんですけど、わたし、オナニーは、うつ伏せになってするんです。だから、きっとその格好ならって」

わざわざうつ伏せになる必要はないと思うのだが、枕を股に挟んでする女性もいるようだし、オナニーの仕方は様々なのだ。

いったん結合を外すと、勢いを失くしたチンチンを、瞳はフェラチオして大きくしてくれる。こういう気づかいはうれしい。この気づかいがないと、オジサンは中折れしてしまう。

肉棹がふたたびギンとしてきて、瞳はベッドにうつ伏せになった。

それから、右手を腹のほうにおろしていき、太腿の交差するところを触っているようだった。

顔を横向け、右手の指で下腹部をいじりながら、

「ぁああ、気持ちいい……ねえ、ください。このまま、後ろから……課長さんのおチンチンが欲しい」

ぐぐっと尻を持ちあげる。

後ろから見ている啓介には、とんでもなくいやらしい光景だった。

二十三歳のぷりっとした小さめのヒップが何かをせがむみたいに、ぐぐっ、ぐぐっと断続的に持ちあがってくる。そのたびに、太腿の奥に鎮座する肉の割れ目がはっきりと見える。

このケツのせりあがりだけで、一発、抜けそうだった。

啓介は肉棹をしごいて元気を保ちつつ、のしかかっていく。

「悪い。もう少し、お尻をあげてくれないか」

瞳が腰を持ちあげたので、突入する個所《かしょ》がはっきりとわかった。啓介は切っ先を濡れ溝に押し当てて、慎重に腰を入れていく。

わずかな抵抗を残して、屹立が埋まっていき、

「ぁああぁ……！」

瞳が顔をのけぞらせて、シーツをつかんだ。

分身が嵌まり込んだのを確認し、啓介は両腕を突いて、上体を反らせる。

その姿勢でじっくりとえぐり込んでいく。肉棹が狭く感じる膣を押し広げていく感触と、尻肉を圧迫するぶわわんとした弾力が、なんとも心地よい。

腰を入れたときに、ぷりっとした尻の肉が押しつぶされながらも、押し返してくる豊かな感覚が、じわっと下半身にひろがってくる。

尻肉を押す感触を味わいながら、じっくりと腰をつかった。いったん休むと、瞳の腰がぐぐっと持ちあがってくる。

腹部とベッドの隙間に右手がすべり込んでいて、串刺しにされた膣の上方、すなわちクリトリスを指で刺激しているのがわかる。

「これがいいんだね?」

「はい……好き、これ、好き。いつもはこうやってひとりでしているのよ。でも、今はひとりじゃない。課長さんのおチンチンが入っているの。わたしのなかにいるの。ぁああ、すごい……こんなの初めてです。ぁあああ、恥ずかしい……腰が勝手に動くのぉ」

喘ぐように言って、瞳は尻を持ちあげ、おろす。すると、啓介のイチモツも膣粘膜で擦られて、気持ちがいい。

それ以上に、瞳は快感を得ているに違いない。

右手の指や爪が忙しく、クリトリスをいじっている。それが肉棹に触れて、ますますいきりたつ。

「これで、イケそう？」

「はい……はい……ぁあああ、気持ちいい……おかしいの、わたし、おかしい……ぁああ、ください。課長さんのおチンチンで、瞳を突いてください。ガンガン、突いてぇ」

なりふりかまわず言って、瞳は尻を持ちあげる。

「よし、ガンガン突いてやる」

啓介は腕立て伏せの格好で、腰を突き出す。イチモツが窮屈な肉の道をこじ開けていって、

「あんっ、あんっ、あんっ……ぁあああ、イキそう。きっとイクんだわ」

瞳はクリトリスを指で刺激しつつも、尻を身体が三角になるまで持ちあげて、擦りつけてくる。

「いいんだよ。イッていいんだよ」

啓介が連続して屹立を奥まで届かせたとき、瞳の顔が撥《は》ねあがった。

「イクぅぅぅ……！」

シーツを握りしめて、がくん、がくんと躍りあがっている。

絶頂の波が通りすぎていくと、持ちあがっていた尻が落ちて、はぁはぁはぁと肩で呼吸をする。

「イッたんだね？」

「はい……初めて、イッちゃった」

瞳が明るく言う。

「でも、課長さん、まだ出してないよね」

「いいんだよ、俺は。女性が満足してくれれば、出さなくても」

「そんなのいや……このまま、して」

瞳が自分から尻を持ちあげて、通常のバックの体勢を取る。

「いいんだね？」

「はい……出してほしい。わたしで満足してほしい」

そういうことならと、啓介は最後の力を振り絞る。

「もう少し、低くなってくれないか？」

瞳が膝を開いてくれたので、挿入《そうにゅう》が深くなった。

啓介はウエストをつかみ寄せて、つづけざまに押し込んでいく。ぎりぎりまで怒張したものが粘膜を擦りあげていき、射精前に感じるあの熱く、さしせまったものが込みあげてきた。

「いくぞ。出すよ」

「ください……ぁああ、すごい。あんっ、あんっ、あんっ……」

瞳の喘ぎがスタッカートしたとき、啓介も追い詰められた。

止《とど》めとばかりに打ち据えたとき、男液が怒濤《どとう》のごとくしぶき、啓介はこれ以上ない至福に押しあげられた。

第四章　受付嬢はテクニシャン

1

「森下瞳とは別れてください」

土門暁子《どもんあきこ》の声がスイーツバー『ゆりかご』に低く響いて、その瞬間、店の空気がぴんと張りつめた。

「えっ……ああ……」

曖昧《あいまい》な返事をして、戸部啓介はちらりとマスターと川島里美の顔をうかがう。

一瞬、手を止めた二人がここはしばらく静観とばかりに、手を動かしはじめる。

暁子は現在、食品会社『Hフーズ』の受付嬢をしている才色兼備の二十七歳。

受付嬢は総務部では特別待遇を受けている。人気のある部署なので優秀な人材が集まるが、なかでも暁子はナンバーワンと言っていい。

その暁子から、いきなり『森下瞳のことでお話があるので、会社が終わってから少し時間を取れますか？』と言われて、このスイーツバー『ゆりかご』に連れてきた。

白ワインを一口呑《の》んだあとで、暁子が切り出してきたのである。

「森下さんは、来期からうちの受付嬢をすることが決まっています。受付嬢といえば、会社の顔です。その受付嬢が上司と不倫をしていては困るんです。わたし、間違っていますか？」

ストレートロングの髪をかきあげて、暁子がまっすぐに啓介を見る。

触れたら壊れてしまいそうな、どこか脆《もろ》さを抱えた美貌に、ついつい引き込まれそうになりながらも、啓介は答える。

「いえ、間違っていないと思います」

「でしたら、別れてください。きっぱりと」

「で、瞳さんはどう言っているんですか？」

「彼女がどう思おうと、わたしが彼女を説得します。ですから、ご心配なく」

「そうですか……」

そう答えつつ、啓介は内心ほっとしていた。

瞳は一夜をともにしたときは、申し分がなかった。だが、会社でも、ベッドのなかと同じで特別待遇を受けたがった。

また、課長である啓介に甘えたがった。簡単に言うと、職場の誰もが「あの二人、絶対にできてるよな」と感じる接し方をしてきた。

里美が言っていた『やっちゃうと面倒な子』とはこれだったのだ。

そんな瞳を扱いかねていたから、暁子のこの申し出はある意味、救いだった。

「では、帰ります」

スツールを降りようとした暁子を、マスターの塩谷が引き止めた。

「せっかくですから、もう少し呑んでいってくださいよ。戸部さんはうちの大常連ですし、今夜はお代はいただきません。うちのスイーツとお酒を十二分に堪能なさってください」

「それでは、かえって気を遣ってしまいますので」

「では、料金は一応いただきます。今夜は当店自慢のチーズケーキが入っていますので、これをぜひ、シャブリで召しあがってください」

「あの、チーズケーキの種類は？」

「レアチーズケーキです。ほどほどに冷やしてあります」

「ううん……負けました。では、いただくことにいたします」

晩子がふたたびスツールに腰をおろした。

襟元《えりもと》のひろく開いたブラウスにお洒落《しやれ》なジャケットをはおり、タイトミニのスカートを穿《は》いている。胸は程よい大きさだが、尻はパンと張っていて、すらっとした美脚の赤いハイヒールが眩《まぶ》しい。

(さすが、我が社のナンバーワン受付嬢だ。品があるし、色気もある)

啓介は隣の暁子を見て、そう思う。

きっと、言い寄る男性は山ほどいるだろう。我が社だけではなく、社を訪れる他の会社の男性だって、この受付嬢には興味を惹《ひ》かれるはずだ。

啓介には一応上司として接しているだろうが、男としては見ていないだろう。それどころか、部下の若手ＯＬに手を出した男として、啓介を嫌っていることは確実だ。

今も、啓介には目もくれず、里美が出してきたレアチーズケーキをフォークですくい、シャブリの白ワインを喉《のど》に流し込んでは、

「美味しいわ……マスター、さすがです」

と、塩谷に微笑《ほほえ》みかけている。

笑うと、一気に愛嬌《あいきよう》が増して、ともすれば怜悧《れいり》な印象ががらっと変わって、

かわいくなる。

暁子のボーイフレンドになった男は果報者《かほうもの》だ。啓介も立候補したいが、この状況では絶対に無理だろう。

しょんぼりと白ワインを呑みながらチーズケーキを口に運んでいると、塩谷が気を利《き》かせたのか、啓介を褒《ほ》めはじめた。

「じつは、このスイーツバーの発想は、戸部さんにいただいたんですよ。実際に当時、戸部さんは仕事でスイーツ開発に関わっていらしたので、ケーキも用意していただきましてね。今うちがあるのは、戸部さんのお蔭なんです」

塩谷に言われて、暁子が「そうなんですか」と戸部を見る。その目の色が少し違ってきたような気がするが、まだまだ先は長そうだ。

だいたい、このしっかり者の受付嬢が、オジサマ好きだとは思えない。ちらりと里美を見る。

と、里美が小さくうなずくではないか。

(えっ、暁子さんがオジサマ好きだと言うのか?)

びっくりした。だが確かに、さっきからマスターとは話が弾《はず》んでいる。

(オジサマ好きだっていろいろある。暁子はマスターみたいな渋くてダンディな

人が好きなんじゃないか）

思いを巡らしていると、暁子が笑顔で話しかけてきた。

「知りませんでした。課長がスイーツを開発されていたなんて」

「ああ、きみが入社する随分前に、スイーツ開発を任されていてね。うちの今のイチゴショートは俺が開発したものなんだよ」

「ええっ、すごいわ。わたし、うちのケーキのなかでイチゴショートが一番好きなんです」

「ああ、ありがとう。試食品の食べすぎで激太りして、営業へ移ったんだよ。バカみたいだろ、アハハ」

「そんなことないです。すみません。わたし、課長のことを思い違いしていたみたいです。ただの太ったいい加減な人だって……すみません。謝ります」

「いやいや、いいんだよ。実際、今は一線を退いて、退職を待つだけの総務のしがない課長だから」

そこに、里美がタイミングよく口を挟んできた。

「じつは、さっきの森下瞳さんの件も、泥酔した瞳さんを戸部さんに家に送っていくように頼んだわたしどもがいけなかったんです。部屋でせまったのは、瞳さんのほうだったみたいですよ。瞳さんが自分でそうおっしゃっていましたから」

それを聞いて、暁子がエッという顔をした。

「知りませんでした。わたし、てっきり課長がパワハラで彼女にせまったと思っていたものですから」

暁子が謝った。

「いやいや、すべて私の不徳のいたすところです。ほんとうのことを言いますと、私も会社内での彼女の行動に戸惑っていたので、土門さんに別れるように言われて、ホッとしているんです。ああ、これは瞳さんの悪口ではないですよ。彼女はとってもいい子ですから」

「じつはわたしも彼女が一筋縄ではいかない女性であることは、薄々勘づいていました」

暁子が眉根《まゆね》を寄せた。憂愁の影が落ちると、その美貌がいっそう際立って、啓介はドキドキしてしまう。

「いずれにしろ、あの子にはきっぱりと別れるように言いますので、課長も会社以外では二人で逢わないようにしてください」

そう言う暁子のきりっとした顔が魅力的である。

「はい、約束します」

「じゃあ、仲直りのカンパイをしましょう。マスター、シャンパンを抜いてください。わたしがお支払いしますので」

暁子が言って、塩谷がシャンパンの栓《せん》を抜いて、二つのグラスに注《つ》いだ。泡立つグラスを持って、

「申し訳ありませんでした」

「いえ、全然。瞳さんをいい受付嬢に育ててください」

「承知いたしました」

「カンパイ！」

二人はグラスを高く掲げて、シャンパンを呑む。気泡が口のなかで弾《はじ》ける。

それ以降、暁子の態度はがらっと変わった。そして、暁子は酔うにつれて、加速度的に色っぽくなっていった。

「わたし、よく冷たい女だって言われるんだけど、違うんですよ、ここは……」

啓介の手を取って、ブラウスの胸のふくらみに押し当てる。

（えぇっ……！）

まさかの行為に仰天しながらも、手のひらはしっかりと心臓の上、左胸の豊か

な弾力を感じ取っていた。

マスターも里美も、ぽかんと口を開けている。

その場を支配する空気に気づいたのか、暁子はハッとしたように手を離して、

「ゴメンなさい、呑みすぎました。そろそろ帰ります」

暁子はスツールを降り、ふらつきながらも自分で勘定を払おうとする。

「いけません。ここは私が払います。払わせてください。それに、酔っていらっしゃるようだから、タクシーを呼びます。車代を払いますので、タクシーでご自宅まで帰ってください」

「いえ、わたしがお誘いしたのに、そういうわけにはいきません」

そう断ろうとする暁子を説き伏せて、タクシーを呼んでもらい、一万円を暁子に無理やり渡して、タクシーに乗せた。

その場に立って見送っていると、暁子は後部座席から啓介を見て、何度も頭をさげる。店に戻ると、里美がすっ飛んできた。

「戸部さん、成長した！　大正解ですよ。これで暁子さん、ころっといくかも。いいオジサマになったね」

里美はハグして、頭を撫《な》でてくれる。

「そうかな?」

「そうよ。いい子、いい子」

啓介は大きな胸に顔を埋めて、すりすりしたいのを必死にこらえた。

2

翌日が暁子の誕生日だという夜に、啓介は暁子を『ゆりかご』に連れてきた。午後十二時をまわったときに、誕生日をサプライズで祝うためだ。

里美の見立てでは、暁子は尊敬する年上の人に惹かれるタイプで、気配りのできる紳士に弱い。とくに、自分のために何かをしてくれた人には、その恩返しをしたいと考える真面目な女だと言う。

これまで三度、『ゆりかご』に暁子を連れてきたが、その間、啓介は尊敬できる上司であろうと努力してきた。シモネタは一切口に出さず、あわよくばという邪心《じゃしん》も見せず、ちょっとした仕事上での相談も受けた。

それは苦行に近かったが、暁子はいやがる素振りを見せていないから、少しは報われているのだろう。

今も暁子はとても愉《たの》しそうで、受付嬢をしているときの作り笑いとは一味違う、心からの笑みを浮かべている。

日付が変わった直後に突然、店の明かりが消えて、『ハッピーバースデートゥーユー』の歌とともに、里美がローソクの点《つ》いたケーキを持ってきた。

〽……ディア暁子

と歌い終わり、ローソクを消すように言うと、暁子は満面の笑みを浮かべて、ひと息に炎を吹き消した。

「おめでとう、暁子さん」

みんなで声を揃えて言ったとき、

「ありがとうございます。ほんとうにうれしいです。わたし、もう……胸が」

と、暁子がこぼれた涙を拭いた。じつは、暁子から、自分の誕生日に恋人と別れたということを聞いていた。

その苦い思い出を書き換えることができればと、里美がこの誕生会を発案したのだ。

ケーキを一切れずつ食べ終え、閉店時間が近づいてきた。

店にタクシーを呼び、暁子がタクシーに乗ったすぐあとに、啓介も乗り込み、運転手にホテルの名前を告げる。

驚いている暁子の手を右手でかるく握ると、暁子がしなだれかかってきた。その顔を左手で引き寄せ、髪を撫でた。

暁子と接するときは、ダンディな紳士を演じなければいけないから大変である。しかし、演じているうちに段々自分がその気になってくるから不思議だ。

「今日はありがとうございました。誕生日を祝ってくださって……彼とのつらい記憶を消せそうです」

暁子が言って、啓介の手をぎゅっと握ってきた。

その手を引き寄せると、いきりたっているものに触れた。びっくりしたように、暁子が手を引いた。その手をふたたび戻すと、しなやかな指がおずおずと股間をさすってきた。

「今日は私のこれをプレゼントしたいんですが……もちろん、要《い》らないなら、お受け取りなさらなくても……」

「……いただきたいわ」

暁子は運転手のほうを気にしながらも、ズボンの股間を持ちあげているふくらみをゆるゆるとさすり、さらに、ファスナーをおろして、指を差し込んできた。ブリーフのクロッチから指を届かせて、巻きつける。

（おっ、くっ……！）

ひやっとした指が握り込んでくるその感触がこたえられない。

啓介も手を交差させるようにして、暁子のスカートのなかへと手を忍ばせる。

「あっ……」

暁子が喘《あえ》いで、あわてて自らの口をふさいだ。

ホテルに向かうタクシーのなかで、我が社のナンバーワン受付嬢、土門暁子が啓介の股間をまさぐり、啓介も暁子のワンピースの裾《すそ》のなかへと右手を差し込んでいる。

（まさか、ここまで許してくれるとは……）

サプライズ誕生会の効果は、抜群だったようだ。暁子も彼氏と別れて、心身ともに寂しかったのだろう。

太腿《ふともも》までのストッキングに包まれた内腿をおずおずとさすると、暁子はさらに足をひろげて、下腹部を突き出してくる。運転手の目を意識しつつも身体を寄せて、啓介のズボンのなかに手を突っ込み、いきりたつものをゆるゆるとしごいてくれている。

（信じられない。あの土門暁子がここまでしてくれるとは……）

受付嬢をしているときの、暁子の清楚《せいそ》な微笑みを日頃見ているだけに、昂奮がいや増す。

指定したホテルにはあと十分ほどで着いてしまう。その前にもっと親しくなりたい。暁子の身体を燃えあがらせたい。

啓介は太腿の内側を撫であげていき、股間をとらえた。パンティのすべすべした感触を感じつつ、そこを指でなぞると、ぐにゃりと布地が沈み込んでいき、

「んっ……！」

暁子が勃起《ぼっき》を握る指に力を込めた。

啓介が股間をさするうちに、パンティがじっとりと湿ってきた。そして、暁子は指の動きに身を任せつつも、「んっ、んっ」と必死に喘ぎ声を押し殺す。

しかも、性感の高まりに後押しされるように、ブリーフのなかのイチモツを握り、しごいてくれる。

啓介は柔肉《やわにく》を中指でトントンと叩き、クリトリスらしき尖《とが》りをくりくりとまわし揉《も》みする。

「うぐっ……くっ、くっ」

暁子は足をいっぱいに開きながらも、啓介の肩に口を押し当てて、喘ぎを必死

に噛み殺している。

もう少しで気を遣《や》るかと思ったとき、タクシーがホテルに到着した。啓介は料金を払って、ふらつく暁子の腰に手をまわし、玄関を入っていく。

フロントで鍵をもらい、エレベーターで八階まであがるそのわずかな間に、暁子は抱きついて、唇を合わせてきた。舌を押し込みながら、右手でズボン越しに股間をさかんに撫でさすってくる。

冷静に考えたら、森下瞳との交際をやめるように進言してきた指導係と身体を合わせるなど、非常にマズい。しかし、暁子が自分から仕掛けてきているのだから、それを拒むことなどあり得ない。

オジサンはたとえどんな状況でも、女性の欲望につきあう。女性に恥をかかせないことがオジサンのモットーである。

809号室に入ると、暁子はもう我慢できないとでもいうように、啓介の背広を脱がせ、自分からベッドへと誘った。

啓介を仰向《あおむ》けに寝かせて、馬乗りになり、ネクタイに手をかけた。ツーッと襟元から抜き取り、さらに、ワイシャツのボタンを上からひとつ、またひとつと外してくれる。

その間、ワンピースのスカートはずりあがって、むっちりとした太腿が見えてしまっている。長い髪からのぞく顔は仄《ほの》かに朱《しゅ》に染まり、目が妖《あや》しく潤《うる》んでいる。

下着姿になった啓介を見おろしながら、暁子はワンピースを下からめくりあげていく。頭から抜き取ると、濃紺の刺しゅう付きブラジャーがたわわな胸を押しあげていた。少ない面積のパンティがかろうじて大切な個所を隠している。

「恥《は》ずかしいから、あまり見ないでくださいね」

暁子は含羞《がんしゅう》の色を浮かべた目を伏せて、背中のフックを外してブラジャーを肩から抜き取った。

現れた乳房は、直線的な上の斜面を下側のふくらみが持ちあげた美乳で、しかも、二十七歳だというのに、乳首は濃いピンク色でツンと上を向いている。

「きれいなオッパイだね。さすがだよ」

思わず言うと、

「何がさすがなんですか。わたしなんて、ちょっときれいで、作り笑顔が上手な、感じのいいだけの女ですよ……だって、恋人にフラれた女ですから」

暁子が急に自分を責めだした。ここはどうにかして自信を与えたい。

「そんなことはないよ。それは元カレがダメ男だったんだ。きみは指導力もあるし、性格もいいし、顔だって、オッパイだって、最高だよ。自分を卑下《ひげ》するなんて、きみらしくないな。きみに憧れている社員はいっぱいいるよ。憧れられる土門暁子であってほしい。俺なんか、きみのような高嶺《たかね》の花とここにいられるだけで、夢のようだよ」

「……課長、ほんとうに口がお上手。その気になりますよ」

「その気になっていいんだよ。事実なんだから」

言うと、暁子が顔を寄せてきた。

馬乗りになったまま、折り重なるようにキスをして、アーモンド形の目を見開いたまま、唇をついばむ。それから、甘い吐息を洩《も》らしながら、啓介の唇を舐《な》めてくる。

「ふふっ、オヒゲが痛いわ」

長い髪をかきあげながら、微笑した。

「ああ、ゴメン。どうしてもこの時間になると、伸びちゃうんだよ」

「いいの。このほうが、野性的でステキ」

暁子はふたたび唇を合わせ、今度は舌を差し込んでくる。なめらかな舌をとらえて啓介も応戦する。

舌と舌がからみあって、そのいやらしい感触で、下腹部のものがますます力を漲《みなぎ》らせ、ズボンを持ちあげた。暁子はキスをやめて、

「ベルトが痛いから、脱がしますね」

いったん降りて、ズボンをおろし、足先から靴下とともに抜き取っていく。

その間に、啓介も上半身裸になる。ブリーフを勃起《ぼっき》が恥ずかしいほどに、三角に持ちあげていた。暁子はそれを見て、

「課長さん、お若いんですね」

ブリーフの上からふくらみをなぞってくる。勃起の裏側をさすり、それがますますギンとしてくると、ブリーフを横にずらした。

ぶるんとこぼれでたイチモツを見て、

「すごいわ。こんなになって……」

瞳を輝かせて、肉柱をゆっくりと握った。その状態で、啓介の乳首を舐めてくるではないか。

（これは、たまらん！）

横についた暁子は乳首を吸い、舌をつかいながらも、右手を下に伸ばして、屹《きっ》

立《りっ》を握りしごいてくる。

長い髪が垂れさがり、毛先が胸板をくすぐって、それがまた刺激的だ。

3

乳首を舌であやされながら、下腹部のイチモツをニギニギされると、えも言われぬ快感がひろがってくる。

しかも、暁子は強くしごかずに、やさしく繊細《せんさい》にチンチンをいたわるようにさすってくるので、焦《じ》らされて、知らずしらずのうちに腰があがってしまう。

「ふふっ……課長さんの腰、ぐいぐい動いてる。どうしたんですか？」

暁子は胸板に顔を接したまま、訊《き》いてくる。

「ああ、ゴメン。何か、もっと強くしごいてほしくてね」

「このくらい？」

暁子の指に力がこもった。ぎゅっと握られて、包皮を利用して上下に擦《こす》られる。

「ああ、そんな感じだ」

暁子はしばらく乳首を舐めながら、肉棹《にくざお》を強めにしごいた。それから、胸から腹部へと舐めおろしていく。

ぞくぞくした。

なめらかな舌がさがっていき、モジャモジャの陰毛に届いた。白髪混じりの縮れ毛を大胆に舐め、そのまま肉の塔へと這《は》いあがっていく。

側面を幾度となく舐めあげられる。

暁子はほぼ真横を向いているので、女豹《めひょう》のポーズでしなった裸身が色っぽすぎた。

垂れ落ちる黒髪、下を向いた美しい乳房、反り返っている背中からヒップへとつづく曲線。そして、充実した尻には紺色のパンティが張りついている。

見とれているうちにも、暁子は屹立を上から頬張《ほおば》ってきた。

ぐっと一気に奥まで呑み込み、そこで、頬を凹《へこ》ませて吸いあげる。ディープストロートとバキュームフェラの合わせ技に、啓介は思わず腰を浮かしてしまった。

すると、暁子は頬張ったまま身体を移動させた。啓介の足をまたいで、足の間にしゃがんだ。

そして、真下から肉棹を吸い立てつつ、両手を上に伸ばして、啓介の乳首を指でくりくりと転がすのだ。

「ぁあ、くっ……気持ち良すぎるよ！」

思わず言うと、暁子は垂れさがった髪の向こうから、啓介をじっと見あげてくる。上目遣《うわめづか》いに見ながら、ゆったりと顔を打ち振った。

（すごすぎる……！）

啓介は両足を突っ張らせる。

唾液で濡れた、ふっくらとした唇が適度に締めつけながら、肉棹をすべり動く。

その間も、暁子は伸ばした両手の指で左右の乳首をつまんだり、転がしたりする。

（まさか、うちのナンバーワン受付嬢がこれほどのテクニシャンだったとは！）

きっとこれから受付の前を通るときに、暁子のフェラチオを思い出すだろう。

会社に出入りするたびに、勃起させていては体がもたない。

（しかし、達者すぎる！）

暁子は胸を触っていた手をおろしていき、腰や太腿を巧みに撫でた。それから、右手を肉棹の根元にからませる。

ぎゅっと包皮を引っ張りおろし、伸びきった亀頭冠《きとうかん》の裏をちろちろと舐めた。

「あっ、くっ……」

「気持ちいいですか？」

暁子が舐めながら、訊いてくる。

「ああ、最高だよ。伸びきったそこを刺激されると、すごく気持ちいい」

啓介は歓喜に酔いしれた。

暁子が上からペニスを頬張ってきた。

今度は深く咥《くわ》えずに、途中まで唇をすべらせる。唾液まみれの唇が亀頭冠を中心にすべり動く。

つづけざまに往復されると、地団太を踏みたくなるような快感がふくらむ。

カリが熱い。ジーンとした痺《しび》れにも似た快感がどんどんふくれあがってくる。

ダメだ。出てしまう。

「ああ、ちょっとストップ！」

思わず制止させると、暁子がちゅっぱっと吐き出して、ストレートヘアをかきあげながら、

「どうなさったんですか？」

潤みきった瞳を向ける。

「わかっているだろう。出そうになったんだ」

「いいんですよ、出しても」

受け答えをしながらも、暁子は肉棹を握りしごいてくれる。

「いや、入れる前に出したくないんだ。若くないから、一回出したら……」

「入れたいですか？」

「もちろん！」

「じゃあ、その前に……」

暁子はパンティを脱いで、後ろ向きにまたがってくる。シックスナインだ。

「恥ずかしいから、あまり見ないでくださいね」

そう言って、ぐっと尻を突き出してきた。

（ああ、これが、土門暁子のオマ×コか！）

ぷりっとした尻の割れ目の底に、漆黒《しっこく》の濃い恥毛を背景にして、ふっくらとした肉饅頭《にくまんじゅう》のような恥肉が鎮座していた。

フリル状に波打つ陰唇《いんしん》がひろがって、狭間《はざま》から真っ赤な薔薇《ばら》のような粘膜がのぞいている。

しかも、そこは妖しいばかりにぬめ光っており、透明な蜜がじゅくじゅくとあふれている。

「課長、見すぎです！」

「ああ、ゴメン」

啓介は枕を頭の下に置いて、顔を寄せた。沼地にぬるっと舌を走らせると、

「あんっ……！」

暁子がびくっとして、肉棹を握る指に力を込める。

甘酸っぱい香りを感じつつ、少し酸味のある粘膜を舐めた。ぐちゅっと割れて、なかからとろりとした果汁がこぼれ、それを舌ですくいとっていく。

「ぁああ、あああ……気持ちいい……課長、気持ちいいんです。蕩《とろ》けていく。あそこが蕩けていく……ぁああ、もっと舐めて」

暁子がもう我慢できないとばかりに尻を左右に振って、誘ってくる。

啓介はその腰を引き寄せて、狭間にブチューと貪《むさぼ》りついた。双臀《そうでん》の間に顔を埋め込む形である。

コーモンを間近に感じつつ、割れ目に舌を食い込ませる。そぼ濡れた個所に舌を押し込むようにすると、

「ぁああ……もう、これが欲しい！」

そう言って、暁子がイチモツを頬張ってきた。湧《わ》きあがる快感をぶつけるように、ジュブッ、ジュブッと唾音を立てて、唇をすべらせる。

根元を握って肉棹を引き寄せ、余った部分に唇をすべらせ、ねっとりと舌をからませてくる。

啓介も負けじと、蜜の泉を舐めしゃぶる。下のほうの突起を見つけて、チューッと吸うと、

「ぁあああ、ダメっ……ぁあああ、欲しい。これを入れてください。これが欲しい！」

暁子は指で、いきりたちを強烈に握りしごいた。

4

「悪いけど、上になってくれないか？　わかるだろう。つまり、この歳になるとね……」

啓介が切り出すと、暁子はうなずいて、下半身にまたがってきた。

やはり、今の女性は騎乗位の体位を取ることに抵抗はないようだ。これは、啓介のように体力のない中年にはとても都合がいい。

晓子は色白で、適度な肉をたたえつつも引き締まった身体をしていて、とてもセクシーだった。長いさらさらのストレートヘアをかきあげる仕種《しぐさ》が色っぽい。

晓子は片膝《かたひざ》を突き、いきりたつものをつかんで翳《かげ》りの底に導き、ぬるぬると擦りつける。それが馴染《なじ》むと、静かに腰を落とした。

熱く滾《たぎ》った女の祠《ほこら》を、イチモツがこじ開けていく感触があって、

「あぁうぅぅ……！」

晓子は低く喘いで、顔をのけぞらせた。

両膝をぺたんとシーツに突き、上体をまっすぐに立てて、気持ち良さそうに顎《あご》をせりあげている。

その間も、火照《ほて》った膣粘膜が、指で握るように屹立をぎゅっ、ぎゅっと締めつけてくる。チンチンが内側へと吸い込まれるようで、それがまたいい。

晓子の腰がゆるやかに動きはじめた。

顔を見られるのが恥ずかしいとでもいうように、顔を大きくのけぞらせながらも、腰から下を前後に揺すって、膣肉でいきりたちをしごきあげ、

「あっ……あっ……」

聞いているほうがどうかなってしまうような声を洩らす。

徐々に腰振りのピッチがあがり、振り幅も増してくる。ついには、両膝を立て
て、腰を大きく縦に振りはじめた。

前に手を突き、持ちあげた尻を振りおろす。切っ先が子宮口を突くと、

「あんっ……！」

甲高《かんだか》く喘いだ。

それからしばらく、腰を上げ下げすることに集中して、

「んっ、あっ……！」

眉根を寄せて、これまでとは違う悩殺的な表情をする。

（この人は感じているときの表情や仕種のひとつひとつがきれいだ）

会社の顔である受付嬢を務めてきて、他人に見られることに長《た》けているのだろう。きっとセックスをしているときも、自分が男にどう映っているかを計算しているのだ。

暁子はもっとできる、とばかりに、両手を後ろに突いて、のけぞるようにして足をM字に開いた。

すごい光景だった。

びっしりと密生した翳りの底に、自分のチンチンが嵌《は》まり込んでいるのが、は

っきりとわかる。

暁子がゆっくりと腰を振るたびに、肉柱が姿を消し、出てくる。ぐちゅっ、ぐちゅっと淫靡《いんび》な音とともに、光る蜜がしたたり、肉柱を濡らしている。

その上のほうで、顔をのけぞらせた暁子が美乳をさらして、腰を前後に振っては、

「あっ……あっ……」

と、眉根を寄せている。

「恥ずかしい……課長、わたし恥ずかしい……」

「でも、すごくきれいで、いやらしいよ」

「そう？」

「ああ、最高にエロチックだ」

褒めると、

「よかった……」

暁子が上体を起こし、そのまま前に身体を寄せてきた。

上からじっと啓介を見て、腰を振る。それから、顔を寄せてきた。

唇を上下に舐めながら腰を微妙につかう。

もたらされる快感に唸っていると、暁子がキスを耳に移した。垂れ落ちるストレートヘアをかきあげながら、啓介の耳殻《じかく》をツーッと舐め、さらに、外耳にフーッと息を吹き込んでくる。

「うあっ……！」

ぞくぞくっとして、啓介は声をあげる。

すると、暁子はますます情熱的に温かい息を吹きかけ、耳をしゃぶる。そのねちゃねちゃした唾音と、くすぐったさに反応して、イチモツが頭を振った。

「あんっ……今、課長のおチンチンが暴れたわ」

暁子が耳元で言う。

「ああ……すごく感じたからね」

「じゃあ、これは？」

暁子は耳から顔を離して、屈み込むようにして、啓介の乳首を舐めてきた。ちろちろとくすぐるように刺激してから、ツーッと舐めあげてくる。

潤沢《じゅんたく》な唾をたたえた舌が這いあがってきて、肩まで届いた。

その舌が今度はさがっていき、胸板をなぞりながら乳首に戻る。そのまま小刻《こきざ》みに舌をつかい、また胸板を舐めあげてくる。

肩までくると、今度は舌をおろしていく。

「これもいい。胸もおチンチンも両方気持ちいいよ」

啓介はもたらされる快感に酔いしれる。

舌だけではなく、身体が上下するたびに膣《ちつ》も動いて、屹立を擦ってくるのだ。

やはり、今の女の子は日常だけでなく、セックスでも積極的なのだ。

これは、啓介のように体力のないオジサンにはちょうどいい。

暁子はもう一度キスをすると、両手をシーツに突いて、自分から腰を上げ下げする。

パチン、パチンと尻が下腹部を叩く音がして、屹立が揉み抜かれる。しかも、膣はよく締まりながらも、しごいてくるのだ。

暁子は上からじっと啓介の様子をうかがいながら、尻を叩きつけて、

「あんっ……あんっ……あんっ……」

艶《なま》めかしく喘ぐ。

ととのって、きりっとしているが、どこか危うさを秘めた美貌が、泣き出さんばかりにゆがんでいる。

その顔を見ているうちに、女性を攻めたいという気持ちがむらむらと湧きあが

ってきた。

啓介は暁子のヒップをがっちりとつかみ寄せ、自分は膝を曲げた。動きやすくして、下からぐいぐい突きあげてみる。

これまで自分で動いていないから、エネルギーは溜まっている。

いきりたつものが斜め上方に向かって、体内を擦りあげていき、

「ぁあああ……いいんです。あんっ、あんっ、あんっ……」

暁子が顔をくしゃくしゃにして、啓介にしがみついてきた。

（よし、今だ！）

啓介はつづけざまに硬直を叩き込んだ。

だが、しばらくつづけると、途端に息が切れてきた。

（ダメだ。これでは体力がもたない。オジサンはスローセックスを心がけないといけない）

途中で思い止《とど》まった。

激しく動くのは最後だけでいい。とにかくスローで攻めたい。

啓介はじっくりと下から差し込んでいく。ゆっくりであるがゆえに、膣の締まりや、今どこを亀頭部が擦りあげているかをつぶさに感じる。

「ああ、気持ちいい……課長のおチンチンを感じます。ぁああ、ぁああうぅぅ、ゴメンなさい。腰が……」

と、暁子が自分で腰をつかいはじめた。

啓介が動きを止めると、暁子は溜まっていたものをぶつけるように尻を激しく叩きつけて、

「あん、あんっ……」

と声をあげる。

暁子の動きが止まった瞬間を見計らって、また突きあげてみる。

今度は、深く、激しく。

ぐいっ、ぐいっ、ぐいっと連続して差し込むと、暁子はそれがいいのか、啓介にぎゅっとしがみついて、

「あんっ、あんっ、あんっ……いいの。おかしくなる……んんんっ」

抱きつきながらキスをせがんでくる。キスで高まるのだ。

応じて唇を重ね、ねろねろと舌を舐めまわし、同時にゆったりと突きあげる。

決して焦《あせ》らず、じっくりと。

舌をからめていた暁子が顔をあげて、とろんとした目で言った。

「バックからして……バックが好きなんです」

経理部主任の今井千詠子もバックが好きだったな、と思い出しながら、

「わかった」

言うと、暁子は自ら結合を外し、ベッドに這った。

啓介はその真後ろについて、両膝を突く。

こうして見ても、暁子の裸身は美しい。エステにでも通っているのだろう、肌はすべすべで、ウエストもきゅっと引き締まっている。それに反して、尻はデカい。

好き者の尻だと感じた。これまでの経験から推《お》しても、尻の豊かな女はセックスが強い。無尽蔵《むじんぞう》のスタミナを持っている。

暁子は学生時代に陸上部に入っていたというから、身体のバネもスタミナもありそうだ。

セックスを愉しむなら、文化系よりも体育系女子のほうがいい。

後ろに突き出された尻を撫でまわし、姿勢を低くして、狭間を舐めた。ぬるっ、ぬるっと舌が這って、

「ぁあ……気持ちいい。蕩けそう」

晶子がのけぞりながら言う。それが心の底からの声であることがわかって、啓介はうれしくなる。

サプライズで誕生日を祝ってもらってから、女運が変わった。マスターと里美にはいくら感謝してもしきれない。

赤い粘膜が光る狭間に舌を何度も走らせていると、

「ああ、ください。もう、欲しい」

晶子は焦《じ》れたように腰を揺らめかせる。

（よし、入れてやる！）

啓介は真後ろに膝を突いて、いきりたつものを尻の谷間に沿っておろしていくと、

「ぁああ、焦らさないで……早く……」

晶子がぐっと尻を突き出してきた。

銀杏《いちょう》のような形をしたヒップの底に、イチモツが吸い込まれていき、

「ぁあああ……！」

晶子が背中を反らせて、シーツを鷲《わし》づかみにした。

「くっ」と啓介も奥歯を食いしばる。

深いところに突き入れたとき、肉路がぎゅっと分身を締めつけてきたのだ。しかも、何もしないのに、硬直をくいっ、くいっと奥へと引きずり込もうとする。

啓介は快感をやり過ごして、両手で腰をつかみ寄せた。ゆっくりとピストンをする。

奥へと押し込み、引き出すと、陰唇がペニスにまとわりついてきて、ひどく気持ちいい。

強くは叩き込まずに、意識的にゆっくりと静かに抽送《ちゅうそう》した。このほうが、粘膜のうごめきを感じられて、ピストンを愉しむことができる。

やはり、スローセックスは無駄なエネルギーを消費しないし、逆にセックスの良さをじっくりと味わえる。

そのとき、暁子が右腕を後ろに伸ばした。

こうしてほしいのだろうと、その腕を握って引き寄せる。すると、暁子も啓介の腕をつかんだ。お互いの腕を握りあうことで、二人の絆《きずな》が深くなったように感じる。

右腕を引き寄せながら、腰を突き出す。女体が逃げないぶん、衝撃がもろに伝わって、刺し貫《つらぬ》いているという実感がある。

徐々に打ち込みを強くしていった。

右腕を引き寄せながら、ズンッ、ズンッと深いストロークを送り込むと、

「あんっ！　あんっ！」

暁子はさしせまった声をあげて、がくん、がくんと頭を揺らしていたが、

「あの、両手を引っ張ってもらえますか？」

せがんでくる。

「いいよ。こっちも」

おずおずと差し出された左腕を握って、ぐっと後ろに反った。

すると、両手を引かれて、暁子の上体が斜めの位置まで浮きあがってきた。尻が近づいてきて、啓介は座り込むようにしながら、尻の底を突きあげてやる。

「あんっ、あんっ……ああ、すごい！　お腹が突きあげられる。差し込んでくるの。ぁああ、許して……もう許して」

暁子が言うので、動きを止めた。すると、

「やめないでください……もっと強く……わたしをメチャクチャにして」

「いくぞ。いいんだな」

「はい……あんっ、あんっ、あんっ……ぁあああ」

暁子が逼迫《ひっぱく》した声を放ったので、啓介もスパートする。

この体勢では射精はできないだろう。しかし、暁子が気を遣るなら、それで充分だ。この歳になると、自分が出すより、女性に気を遣ってほしい。

啓介は両腕をつかんで後ろに引き寄せながら、送り込んでいく。

重労働ではあるが、女性をいいように操《あやつ》っている、支配している、という男としての満足感が強い。

息が切れてきた。しかし、途中で投げ出してはダメだ。残っている力を振り絞って、突きあげる。

「あんっ、あんっ、あんっ……来るわ。来る……イッていい？」

「いいぞ。そうら……！」

両腕を引き寄せながら、のけぞるように突きあげたとき、

「イクぅ……！」

暁子ががくん、がくんと躍りあがった。

5

一戦を終えて、啓介はベッドに横たわっていた。その左腕には暁子の顔が載っていて、こちらを向いている。

「課長のセックス、思ったよりすごかった。森下瞳が夢中になったのが、よくわかりました」

そう言って、暁子は胸板を手のひらでなぞってくる。

「そうかな？　俺なんか、全然大したことないと思うけどどな。買いかぶりだよ」

「そういうところが、いいんだと思います。まったく驕《おご》らないところが……これが若い彼氏だったら、初めての女をイカせたってだけで、ふんぞりかえっていますよ。元カレもたぶん、そうだったんだなって、今になって思います」

細くて、しなやかな指が胸板の乳首をぎゅっとつまんできた。

「くっ……痛いだろ」

と、啓介は笑う。

ふふっと微笑んで、暁子が上体を起こした。

顔を振ったので、ストレートロングの黒髪が胸板をくすぐってくる。

「これは、髪の長い女じゃないとできないでしょ？」

「そうだな。ぞくぞくするよ。とくに、きみのような美人にされると尋常でなく、気持ちいい。ただ美人ってだけではなく、知性も指導力もあるしね」

「褒め上手なんですよ、課長は。女性ってみんな、けっこう自己承認欲求が強いから、認めてくれる男の人にはとっても弱いんですよ」

暁子が髪の毛先で、胸板をなぞりながら言う。

「そうか？　きみなんかたくさんの男に認めてもらっているんじゃないか？」

「……そうでもないんですよ。たとえ恋人になっても、日本の男の人って、愛してるって言葉をあまり口に出さないじゃないですか。それだと、どんどん不安になってしまって、こっちも愛せなくなってしまう。心のシャッターを閉めさせないようにすることって、すごく難しいんです」

「それは、何となくわかるな」

啓介は自分の妻のことを思っていた。妻は自分の夫に対して、もう完全にシャッターを閉め切った状態だ。

「今、奥さまのことをお考えになりましたね？」

暁子が長い髪をかきあげて、啓介を見た。

「……見抜かれているな」

「奥さまといつまでも男と女でいようとしているからダメなんですよ。長年連れ添った夫婦はもう友人なんです。そうお考えになったほうが、上手くいくと思いますよ」

「友人か。確かにな……」

「男と女が情熱的なセックスをできる期間って、せいぜい四年足らずらしいですよ。その間に子供を作って、家族になっていくんです」

暁子が真剣に上から見つめてくる。

「わたしたちも、きっと今夜が一番激しい夜だと思います。するべきときに、ととんしないと……課長、まだ出されてないでしょ。絶対に射精してほしい」

そう言って、暁子が乳首を舐めてきた。

ねろりねろりと舌をからませながら、啓介の両腕を持ちあげ、スーッと舐めあげてきた。

斜めに走った舌が、啓介の腋《わき》の下に届いた。腋毛ごと窪地《くぼち》を舐めてくる。

「おい、シャワーも浴びてないんだぞ」

「いいんです。この汗臭さが好き」

晩子はちゅっ、ちゅっと腋の下にキスをし、二の腕をツーッと肘《ひじ》に向かって舐めあげてきた。

ぞわぞわっとした快感が走り、啓介はふたたびオスの本能が目覚めるのを感じる。

暁子は男と女の関係や世の中の道理をよくわかっている。二人のセックスも今夜がもっとも激しい夜になるだろうと予測している。

おそらくそれは正しい。

それならば、今夜を二人にとって最高の夜にしたい。

ワンナイトラブと割り切ったほうが、啓介も安心できるし、逆に燃える。

暁子は腕を舐めあげ、啓介の指をしゃぶってくる。

上から二本の指を頰張られて、フェラチオみたいに唇を往復される。それを一糸まとわぬ、我が社ナンバーワンの受付嬢がしているのだ。

舌が指にからみつくと、直接触れていないのに、股間のものがぐぐっと力を漲らせてくる。

暁子は指を吐き出し、啓介の唇に唇を重ねてきた。さっきよりずっと激しい。

唇を舐め、歯列を割って舌をすべり込ませ、ねっとりとからめてくる。

甘い吐息が洩れ、二人の唾液でお互いの唇がぬるぬるになる。こうなると、唇を擦り合わせるだけで、気持ちがいい。

情熱的なキスを終えて、暁子は下へと身体を移していく。

啓介の足の間に腰を割り込ませ、半ば勃《た》っている肉茎を真下から握って、その感触を確かめるようにゆるゆるとしごいた。

潤滑剤が足らないと見たのか、上からたらっと唾液を落として、肉棹にまぶした。

すべりのよくなった肉の塔を、ねちゃねちゃと指でしごいてくる。それが完全にいきりたつと、上から頬張ってきた。

さっき自分の身体に入って、分泌液《ぶんぴつえき》だってついているはずだ。なのに、いささかまわず唇をすべらせ、長い舌をからませてくる。

「ぁああ、気持ちいいよ。舌がたまらない」

思わず言うと、暁子は咥えたまままちらりと見あげ、垂れ落ちている黒髪をかきあげた。

大きなアーモンド形の目で、啓介を上目遣いに見た。視線が合っても、暁子の表情は変わらない。

先のほうを頰張って、ゆっくりと上下に顔を振りながらも、じっと啓介を見あげつづけている。

「きれいだよ。すごく、色っぽい」

何か言わなくてはいけない気がして、声をかけた。

すると、暁子は咥えたままはにかみ、視線をさげて、いっそう激しく顔を打ち振るのだ。

ジュブッ、ジュブッと唾音を立てて唇を往復させ、いったん顔を離した。溜まっていた唾液が垂れ落ちて、糸を引く。

太腿に落ちた唾液を舐めとった暁子が、ぐっと姿勢を低くした。

何をするのかと見ていると、啓介の両膝の裏をつかんで持ちあげる。

「このまま、持っていてくださいませんか？」

「いいけど……」

啓介は言われるままに、自分の膝を抱えた。ひどく恥ずかしい。きっと、コーモンまでも見えているはずだ。

「課長、とってもステキな格好ですよ」

暁子がコーモンから会陰部《えいんぶ》をツーッと舐めあげてきた。

「あぐっ……！」

びくっと震える。それほどに気持ちがいい。

「すごい……課長のお尻の孔《あな》が、ひくひくしてる。ふふっ……」

次の瞬間、なめらかでよく動く舌が窄《すぼ》まりをとらえた。舌先だけでちろちろっとくすぐられて、倒錯的な快感がうねりあがってきた。

もっとしてほしいような、してほしくないような……。

「よしなさい。汚いよ」

複雑な思いのまま言うと、暁子は会陰部へと舌を移した。別名、蟻《あり》の門渡《とわた》りから睾丸《こうがん》へと舐めあげる。そうしながら、窄まりを指先でこちょこちょとくすぐってくる。

「ぁああ、やめなさい……ダメだって、あっ、あっ……ぁあああ」

啓介は女みたいに喜悦の声をあげていた。

「課長、いろいろと敏感なんですね。感度がいいわ」

「いや、それはきみが達者だから」

暁子は微笑み、ふたたび頬張ってきた。

いきりたっているものに唇をかぶせて、その状態で裏側にねろねろと舌をからませる。

刺激を受けていっそうギンとした肉柱を、暁子は根元を握って、静かに上下にしごいた。そうしながら、唇を往復させる。

「ぁああ、気持ちいいよ……こういうのを桃源郷と言うんだろうね」

言うと、暁子は髪をかきあげながらちらりと見あげ、潤んだ瞳でじっと啓介を見た。

自分の開いた股の向こうで、美しい女がイチモツを頬張ったまま、ぼうっとした瞳を向けている。

啓介は大袈裟に言えば、このままぽっくり逝《い》ってもいいとさえ思う。

暁子が目を伏せて、小刻みに顔を打ち振りながら、根元を指で力強くしごいてくる。

包皮をぐっと引きさげられ、亀頭冠の窪《くぼ》みを中心にリズミカルに唇でしごかれると、えも言われぬ快感がせりあがってきた。

「ぁああ、ダメだ。出てしまうよ」

訴えると、暁子はちゅっぱっと吐き出して、啓介を起きあがらせ、代わりにベッドに仰向けに寝た。

「来て……欲しいわ」

そう言って、膝をおずおずと開き、曲げて腹のほうに引き寄せる。

ひろがった太腿の奥に、女の器官が息づいていた。漆黒の翳りの底に、ふっくらとした肉の蘭《らん》が薄く花開いている。

明らかに濡れ光っている膣口に切っ先を押しつけ、慎重に腰を突き出す。

とても窮屈な入口を押し広げていく確かな感触があって、ヌルヌルッと嵌まり込んでいき、

「あうっ……！」

短く喘いで、暁子が顔をのけぞらせた。

そこは前より熱く、きつく締めつけてくる。もう、離さないといった感じで、侵入者にからみつき、手繰《たぐ》りよせる。

啓介は覆《おお》いかぶさっていく。

暁子は孤独感に苛《さいな》まれているようだから、これがいいだろうと、肩口から手をまわして、女体を抱き寄せる。

ぴったりと折り重なって、腰を波打たせる。突くというより、分身でなかを掻《か》きまわす感じだ。

「ぁああ、いいの……」

　暁子は耳元で喘いで、ぎゅっと抱きついてくる。

「いいんだよ、すべてを忘れなさい。自分にゆだねて、とまでは言えないけど、俺はできるだけきみを包み込んであげたい」

「ああ、課長……」

　暁子がキスを求めてきた。

　啓介は唇を合わせて、唇と舌をねっとりと舐める。そうしながら、ゆっくりと抜き差しをする。

「んんっ、んんんっ……んんんんん、ぁあああああ、ダメっ……」

　暁子はキスしていられない様子で、顔をそむけて、顎をせりあげる。だが、両手は啓介の背中にまわして、爪を立てている。

「あ、くっ……！」

　肩甲骨《けんこうこつ》に女の爪が食い込む痛さに、啓介は呻《うめ》く。

「ゴメンなさい。痛かったでしょ。わたし、本気になると、爪を立てちゃうみたいで」

「大丈夫だよ。俺は不死身のヒーローだから」

「セックスするスーパーヒーローなんていたかな?」

「……ううん、いないような気がするな」

「でも、ヒーローならどんなことがあってもわたしを守ってくれそうで、心強いわ」

「ううん、それも危なっかしいけどな」

啓介は腕立て伏せの形になって、打ち込んでいく。

暁子は自分から足をM字に開いて、屹立を深いところへと導き、

「あんっ、あんっ、あんっ……」

と切なげな声を洩らして、啓介の腕を握りつづける。

そうされると、自分が頼られているようで、オジサンとしては満足感がある。

もちろん、暁子は自分がつきあえるような女でないことは、わかっている。

だからこそ、この一夜限りの情事に賭けたい。最近はそういうことまで思えるようになった。これも成長の証《あかし》だろうか。

もっと、暁子を感じさせたい。そのためには……。

右手で乳房をつかんで、揉みしだいた。柔らかく形を変えながら、ふくらみがまとわりついてくる。その肉感が素晴らしい。

ピンクの乳輪からそそりたっている乳首を、中指と人差し指でつまんで、くりっ、くりっと転がした。

「ぁあん……あっ、あっ」

暁子が身悶《みもだ》えをして、そのたびに、膣がぎゅっ、ぎゅっと勃起を締めつけてくる。

「ああ、くっ……オマ×コが締まってくる。おおぅ、気持ちいい」

一気に高まってきた快感をさらに育てようと、啓介は腰をつかう。

左手で右足を支え、右手で乳首をいじりつつ、ゆったりしたストロークを浴びせる。

「あんっ……あんっ……ぁああ、気持ちいい……もう、もうダメっ……イッちゃいそう」

暁子がさしせまった表情で、訴えてくる。

「いいよ、イッても。好きなだけイケばいい。イッてほしい」

啓介は乳首をいじりながら、強く打ち据《す》える。

自分はまだ射精しそうもない。しかし、暁子には何度も気を遣ってほしい。と
ことん、イッてほしい。

左手で右足を開かせ、右手で乳首を捏ねながら、つづけざまに打ち据えたとき、

「イク、イク、また、イッちゃう……ぁあああああ」

暁子はシーツを鷲づかみして、今夜二度目の絶頂へと駆けあがっていった。

6

体の下で、昇りつめた暁子ががくん、がくんと震えている。しかし、まだ啓介は出していない。

しばらく両肘を突いて、暁子の絶頂がおさまるのを待った。時々、膣がびくびくっと痙攣《けいれん》するのがわかる。

「大丈夫かい？」

啓介は上からやさしく声をかけた。

「ええ……信じられない。課長、まだお元気なままなんですね。もしかして、わたしのあそこ、ゆるいですか？」

暁子が不安そうに眉をひそめる。

「違うよ。きみのここは性能抜群で、素晴らしい。ただ、俺のこれが年取ったせ

いで、感度が鈍いだけなんだ。つまり、なかなか射精しない。だけど、俺はそれでいいと思っている。きみがイッてくれれば、それで満足なんだ」

「やさしい言葉です。ますます課長が好きになりました。でも、女としては殿方に出してほしいわ。何だか、申し訳ないような気がして……」

「いいんだって。俺は今、接して漏らさず、をモットーとしているからね」

「でも、それじゃあ、やっぱり……オナニーはされるんですか？」

「するよ。たまにだけど」

「そのときは射精なさるの？」

「ああ、するね」

「じゃあ、わたし課長の右手に負けてるってことでしょ。そんなの許せない。課長はどんな体位だとイケるんですか？」

「そうだな。たとえば、このままきみの足を肩にかけて、ぐっと前に屈んで……だけど、今、あれがしゅんとなってるから」

「じゃあ、まずはお口で……」

暁子は啓介をベッドに立たせ、前にしゃがんで、イチモツに顔を寄せてきた。邪魔になる長い髪をかきあげて、付着した愛蜜を舌ですくいとりながら、ちろちろと舌先を走らせて刺激してくる。さらに、上から頬張り、ねっとりと舌をからませる。

それがギンとしてくると、自ら両手を背中にまわして、右手で左手首を握った。そうやって、両手が使えない状態で、口だけで頬張ってくる。

まるで両腕を後ろ手にくくられているような格好が、啓介の征服欲を満たすのか、されていることは同じでも、いつもより快感が大きい。

「気持ちいいよ、すごく」

言うと、暁子はちらりと上目遣いに見て、はにかんだ。

吐き出して、下から裏筋を舐めあげてくる。途中で舌をちろちろと横揺れさせながら、挑むような視線を向けてくる。

啓介は得体の知れない感情に衝《つ》き動かされ、両手で側頭部を持って、自分から腰をつかった。勃起をゆるゆると出し入れすると、暁子も自ら頬張ってくる。

もっと表情が見たくなって、黒髪をかきあげてやる。暁子が顔を傾けて、啓介を見あげてきた。

片方の頬がふくらんで、そのふくらみが移動する。ハミガキフェラである。

啓介がストロークするたびに、亀頭部が頬の粘膜を擦って、受付嬢のとのった顔が見るも無残にゆがむ。

その姿を見ているうちに、最近感じることのなかったサディスティックな欲望がうねりあがってきた。

反対側の頬も亀頭部で擦っているうちに、もう入れたくて我慢できなくなった。

啓介はすらりとした足の膝をすくいあげて、屹立を押し込んでいく。猛りたつものが熱い蜜壺に嵌まり込んでいって、

「ぁああ、すごい……！」

暁子が顔をのけぞらせた。

啓介は両腕を突いて、むっちりとした太腿を押し広げながら、ゆっくりと深く突いた。

「あんっ……あんっ……ぁああ、課長、すごすぎる。とても五十八歳だとは思えない」

暁子は足指を反らせて、下から熱に浮かされたような視線を向けてくる。

「いや、俺は正真正銘五十八歳のオジサンだよ。ただ、遅漏なだけの」

「それでもいいわ……だって、わたし、こんなになったのは、ほんとうにひさし

ぶりだもの。ふふっ、セックスの最中にこんなに会話したのも初めて」

「しらける？」

「ううん、逆よ。コミュニケーションが取れて、その気になる」

「じゃあ、きみの足を肩に担ぎたいんだけど、いいかい？」

「ええ……」

啓介はすらりとした足を両肩にかけて、慎重に前に屈んでいく。それにつれて、暁子の肢体が腰から大きく折れ曲がって、啓介の顔の真下に暁子の顔が見える。

「大丈夫？」

「ええ……すごく深く入ってる。貫かれてる感じがする」

啓介は前に体重を乗せて、両手をシーツに突いた。そうやって、上から屹立を打ちおろしていく。

まるで杵《きね》が餅《もち》を搗《つ》くように、勃起がやや上を向いた臼《うす》の女陰を叩き、

「あんっ……あんっ……ぁあ、深い。奥まで届いている。へんよ。わたし、またへんになる」

暁子は両手で布団をつかんで、顎を高々とせりあげる。

啓介もひさしく忘れていた射精感がひろがってくるのを感じる。打ち据えるたびに、甘い陶酔感《とうすいかん》がさしせまったものに変わっていく。

烏《からす》の濡《ぬ》れ羽色《ばいろ》の長い髪を扇のように散らした暁子が、乳房をぶるん、ぶるんと縦に波打たせて、いっぱいに顔を反らせている。

「ああ、イキそうだ。出そうだよ」

啓介が状態を告げると、

「わたしも、わたしもまたイキそう。すごいわ。今日、三度目よ……ああ、ください。欲しい。ちょうだい」

「暁子さん、おおお、暁子……！」

最後は呼び捨てにして、啓介は遮二無二《しやにむに》腰をつかう。今は自分が射精することしか考えられない。それが、暁子の望むことだからだ。

「あん、あん、あんっ……ぁああ、イキます。イク、イク、イっちゃう……いやぁあああああ」

暁子が嬌声《きようせい》を噴きあげて、のけぞる。直後に駄目押しとばかりにもう一度打ち込んだとき、啓介も放っていた。

細い管を通って、命の息吹《いぶき》が放たれていく。啓介もそれを感じながら、獣のように吼《ほ》えていた。

もしかして、これが最後の射精になるかもしれない――この歳になると、そう考えてしまう。だからこそ、この瞬間を残らず味わいたい。

嵐が過ぎ去って、啓介はがっくりと覆いかぶさっていく。

暁子が髪を撫でてくれたので、啓介はその柔らかな至福に身を任せた。

第五章　お別れの飽くなき交わり

1

その夜、戸部啓介はスイーツバー『ゆりかご』で、ひとりでワインを呑《の》んでいた。

最近は口説くために女の子と同伴することが多かったが、今夜はひとりだ。

土門暁子との激烈なワンナイトラブを終えて、啓介は一瞬、燃え尽きたような状態になった。あれからもう二週間が経過しているのに、性への執着が薄れて、いまだその気にならない。

「最近、元気がないですね。今夜もたそがれていらっしゃる」

マスターの塩谷がグラスをきゅっ、きゅっと拭きながら、声をかけてくる。

「あ、ああ……そうでもないさ」

「戸部さん、あれでしょ？　あのナンバーワン受付嬢相手に精も根も尽き果ててしまったんじゃないんですか。そういうときは少し休まれたらいいんです。性欲が充塡《じゅうてん》してくるのを待ったらいいんです。オジサマには適度な休養が必要です……でも、いったん離れてしまうと、億劫《おっくう》になりますよね」

川島里美がテーブルを拭きながら言う。

今日は白いシャツに蝶ネクタイ、黒いベストとミニスカートという格好で、テーブルを屈んで拭くたびに、スカートの裾《すそ》がずりあがって、むっちりとした太腿《ふともも》の裏側がのぞく。

「きっと何かキッカケが必要なんだわ。何なら、わたしがそのキッカケをお作りしましょうか？」

里美に言われて、啓介はちらりとマスターの様子をうかがった。

心のどこかに、じつは里美はマスターの女で、自分は彼の手のひらで踊らされているのではないかという疑念があった。

塩谷がグラスを布巾《ふきん》に伏せ、笑顔で言った。

「いいじゃないですか。今夜は客も来ないようだし、里美ちゃん、もうあがっていいから、戸部さんと愉《たの》しんでくれればいい」

「やったア！　じゃあ、少し待っていてね」

里美がいそいそと店の奥へと姿を消した。

「悪いね」

「大丈夫ですよ。里美ちゃんが言い出したことで、こちらが強制しているわけではありませんから。それに、たぶん彼女は……」

マスターが言い淀《よど》んだ。

「何……？」

「いえ、何でもありません」

マスターがまたグラスを拭きはじめた。

しばらくして、私服で登場した里美を見て、驚いた。

里美は春用のぺらぺらのコートをはおっていたが、その下はタンクトップにショートパンツという夏のような格好だ。

一直線に伸びたすらりとした脚線美に見とれた。ただ長いだけではなく、太腿はむっちりとしていて、昔のホットパンツのように短いショートパンツの裾から丸みを帯びたヒップが見えかけている。

それだけではない。タンクトップの胸元を盛りあげたふくらみの頂上には、ポチッとした二つの突起が浮かびあがっているではないか。

（ノーブラか？　きっとそうだ……そうか、里美はサービス精神が旺盛だから、元気のない俺をかきたてようとして、ブラジャーを外してきたんだな）

里美が近づいてきて、戸部の左腕をつかみ、

「行こうよ」

胸を押しつけてくる。

たわわすぎるオッパイの弾力を感じて、しばらく休んでいた分身にわずかだが力が漲《みなぎ》る気配がある。

店を出たものの、どうしたらいいのか、はたと困った。こういうときは、訊《き》くに限る。

「あの、さっき俺にキッカケを作ってくれると言ってたんだけど……」

「そう言いましたよ。最近の戸部さん、見ていられなくて……もう、満足しちゃいました？　それなら、それでいいんだけど」

里美がむぎゅっとオッパイを擦《こす》りつけてきた。

「……そうでもないさ。あれから二週間経過して、そろそろと思っていたんだ」

「よかった。じゃあ、この前のアミューズメントホテルに行きますか？」

「いいのかい？」

確認すると、里美はうなずいて、顔を寄せてきた。あっと思ったときはもうキスされていた。

路上キスで、道行く人が見ているが、いさいかまわず里美は唇を合わせ、抱きついてくる。

右手をつかまれ、タンクトップの下から内側へと導かれる。直後、ノーブラの乳房を指腹に感じた。

コートで隠れているから、通行人にははっきりと見えないだろう。それに、たとえ人が見ていてもこの生のオッパイには逆らえない。たわわで、柔らかくて、揉《も》むほどにすべすべの肌が指に吸いついてくる。

キスをしながら、ふくらみの頂《いただき》を挟んで、くりっと転がすと、

「んっ……！」

里美はびくんとして、

「エッチね。戸部さん、ほんとうにいやらしいんだから」

啓介の耳元で甘く囁《ささや》いた。次の瞬間、ズボンの股間をしなやかな指でなぞりあげられた。

「戸部さんのおチンポ、もう硬くなってる。あっという間にこんなにして……そ

んなに、里美としたかったの？」

「ああ……したかったよ」

「三人といっぱいしたのに？」

「他の女の子ももちろん素晴らしかったよ。でも、里美ちゃんは特別なんだよ、俺にとっては……」

「ほんとうに？」

「ああ、ほんとうだ」

「ホテル、早く行こうよ」

里美は啓介の手を取って、大股で歩き出した。

2

二人の入ったラブホテルの部屋は、この前と同じお星様の煌《きら》めくメルヘンチックなインテリアで、ベッドはピンクの照明に浮かびあがっている。

コートを脱いだ里美は、タンクトップにショートパンツという格好で、円形ベッドに大の字に寝て、

「来て」

啓介を手招く。

脱衣の途中で呼ばれて、啓介はベッドにあがる。ワイシャツは着ているが、ズボンは脱いでいて、下半身はブリーフ一丁という珍妙な格好だ。

「手を押さえてほしいの」

ピンクの明かりのなかで、里美が言った。

「いいのか？」

「いいから言っているの」

「そうか……失礼するよ」

啓介は覆《おお》いかぶさるように、里美の長い両手の肘《ひじ》を上から押さえつける。

タンクトップを持ちあげたたわわな胸のふくらみの頂上に二つの突起が浮かんでいて、ドキドキしてしまう。

じっと見あげていた里美がいきなり言った。

「じつはわたし、バーテンダー修業に出るので、来週には店からいなくなるんです」

「えっ……？」

あまりにも唐突《とうとつ》すぎて、ぽかんとしてしまった。こんなことをしている場合ではないと、とっさに腕を放す。

「そのまま、わたしの腕を押さえつけておいてください」

啓介は不可解に思いつつも、言われたように、ふたたび両手を上から押さえつけて、訊いた。

「バーテンダー修業というと？」

「マスターに勧められたんです。一人前のバーテンダーになるなら、カクテルを作れるようになりなさいって。マスターはカクテルがあまり得意ではないからって。それで、知り合いの店を紹介するから、そこで勉強してきなさいって。大会で優勝したバーテンダーが札幌《さっぽろ》のススキノにいるんだって」

「ススキノって……ウソだろ？」

「ウソじゃないわ。事実よ。戸部さんにはいつ言い出そうかって……ゴメンなさいね」

「じゃあ、きみは来週からいなくなってしまうのか？」

「残念だけど……」

「ダメだよ。それはダメだ」

「ススキノに来ればいいじゃない」

「……いくら何でも遠すぎるよ」

「出張とかはないの？」

「ああ、あまりね……」

総務部の課長に、出張はない。

「ゴメンね。戸部さんには痛手よね。連れてきた女性がオジサマ好きがどうかを判断する人がいなくなってしまうわけだから」

「……ああ。きみは俺の師匠だからね」

「大丈夫。戸部さんは女性を口説くテクニックを、ほとんどマスターしているはずよ。わたしなんかいなくても、やっていける」

「自信ないよ」

「そんなことないですよ。大丈夫、戸部さんはもう立派な女たらし……ねえ、乳首にキスして。タンクトップの上から」

里美は鼻にかかった甘え声で囁き、すがるような目を向ける。

タンクトップをこんもりと持ちあげたふくらみと、頂上の突起を目にすると、思い残すことのないほど里美を愛したい、という気持ちが胸を満たした。

（これが最後になってしまうんだろうな）

熱い思いをぶつけるように、タンクトップ越しに突起にキスをする。両腕を押さえつけながら、ちゅっ、ちゅっと左右の乳首に唇を押しつけ、それから、舐《な》める。

唾液を吸った布地が見る見る湿って、変色し、尖《とが》った乳首の形が浮き出てきた。さらに、そこを舌であおると、

「んっ……あっ……あっ……ぁああ、戸部さん、気持ちいい。気持ちいい……」

里美が顔をのけぞらせて、ショートパンツが張りつく下半身をくねらせる。むっちりとした太腿を擦《こす》り合わせるようにして、快感をあらわにする。若々しいエネルギーに満ちた身体が、啓介の欠落している部分を補ってくれる。

3

里美はこれでいなくなってしまうのだ。ススキノから帰ってくるという保証はない。ならば、今を大切にしよう。

これが最後というつもりで、とことん里美を愛したい。そして、自分の成長ぶりを見せたい。

上手くなったね、と言わしめたい。

啓介のなかで、里美がいなくなるという寂寥感《せきりょうかん》が、セックスの情熱へと切り替わった。

腕を放して、タンクトップをめくりあげた。

ぶるんっとこぼれでた乳房のたわわさに、あらためて感動する。

グレープフルーツをくっつけたように大きく、張りつめた肌はなめらかな光沢を放ち、青い血管が透《す》け出している。そして、乳首は見事なピンクで、この乳房だけで男を満足させるには充分だという気がした。

両手でつかむと、柔らかい肉層に指が沈み込んで、微妙に形を変える。食い込んだ指の間から、コーラルピンクの突起が突き出していた。

全体を揉みしだくと、ふくらみが揺れて、

「んっ……あんっ、あんっ……ぁあああ」

里美が気持ち良さそうに喘《あえ》いだ。

(相変わらず、色っぽい声だ。今が二十六歳だから、この先、どこまで成長するんだろう。ススキノあたりの男に抱かれるんだろうか?)

嫉妬に似た感情を覚えて、啓介は乳房に顔を寄せた。

舌を横揺れさせて、突起を弾《はじ》き、さらにチューーッと吸いあげると、

「ぁあああん……」

里美は大きく顔をのけぞらせる。

大きな乳房をつかむ指に思わず力がこもった。荒々しく揉みたくなった。

（いや、オジサンのセックスに激しさは要《い》らない。激しく動くのはイカせるときだけでいい。じっくりとしたスローセックスが、オジサンのセックスなんだ。我慢しろ）

自分に言い聞かせて、丁寧《ていねい》に乳首を舐め、ソフトにふくらみを揉みあげる。

見る見る硬くなって、せりだしてきた乳首を上下左右に舌で弾きながら、もう一方の乳首も指に挟んで、丁寧に転がした。

里美はもともと乳首が弱い。それをつづけていくうちに、様子がさしせまってきた。

「ぁあ、あああ……いいの。気持ちいい……気持ちいい……ぁああ、我慢できない。ちょうだいよぉ。ここに触って……」

そう訴えて、ショートパンツの張りついた下腹部をぐいぐいせりあげる。

やはり、この子はセックスの悦《よろこ》びを隠そうとしない。

羞恥心《しゅうちしん》を持った大人の女もいい。しかし、こういう素直な女も輪をかけていい。それを里美から学んだような気がする。

啓介は右手をおろしていく。

ショートパンツはデニム素材で、股下がきわめて短くて、丸々とした尻たぶがはみだしている。

ごわごわしたデニム地の股間をなぞると、

「ぁああ、そこ、いい……もっと、もっとして……」

里美がぐいぐいと下腹部を持ちあげて、擦りつけてくる。

啓介はもどかしくなって、ショートパンツの前のボタンを外した。さらに、手さぐりでファスナーをおろす。

ゆるくなった個所に右手を深く差し込んでみた。すべすべのパンティの下に温かい肌があって、

「あんっ……！」

里美がぎゅうと太腿をよじり合わせる。

「どうした？」

「……濡れてるから」

「自分でわかるのかい？」

「わかるわよ、そりゃあ」

「確かめたいね」

啓介は強引に右手を奥まですべり込ませる。猫の毛みたいに柔らかな繊毛《せんもう》があって、さらにその奥へと指を潜り込ませると、そこは明らかにぬめっていた。ちょっと指を曲げると、第二関節までぬるりと嵌《は》まり込んでいき、

「うあっ……！」

里美が顎《あご》をせりあげた。

「ゴメン……入れるつもりじゃなかったんだけど、ぬるっと……」

「もう……絶対わざとでしょ？」

「違うって」

そう答えながら、中指をさらに折り曲げた。スムーズに奥へと沈み込んだ指腹が膣《ちつ》の天井に触れ、

「ぁあん……！」

里美が顔をのけぞらせて、自分から足をM字に曲げた。きっと、本能的にしているのだろう。

「いやらしい格好だよ」

「だって……このほうが気持ちいいんだもの。ねえ、お指を動かして」

「わかった。じゃあ、きみは自分でオッパイをモミモミしてくれないか?」

「いいけど……ふふっ、戸部さん、前よりエッチになったね」

「ううん……」

「大丈夫よ。別に責めてるわけじゃないから。むしろ、逆。やっぱり、オジサマはいやらしくないとね。若者には体力で負けるんだから、いやらしさで勝負しないと」

「そうだな。確かに、そう思うよ」

啓介は脱げかかったショートパンツのなかに指を入れて、ぐちゃぐちゃと粘膜を擦る。

すると、里美は自分からタンクトップを引きあげ、あらわになった乳房を揉みはじめた。

啓介が指を抜き差しするたびに、デニム地の短いパンツが波打つ。

そして、里美は巨乳を自分でモミモミしながら、

「ぁああ、あああ……いいの。イキそう……ねえ、もうイッちゃうよ」

切なげな目を向けてくる。

「いいんだよ。イッていいんだよ」

啓介は昂《たかぶ》りながらも、動きをコントロールして、熱い膣を愛撫する。

「ぁああ、オッパイをしゃぶって、お願い」

里美がせがんできた。

啓介は赤く色づく乳首にしゃぶりついて、舐めた。それから、チューッと吸いあげると、里美がいよいよさしせまってきた。

「ああ、ダメっ……イキそう」

曲げていた足をピーンと伸ばした。

（いいんだよ、イッて。そうら、イキなさい）

心のなかで呟《つぶや》いて、硬くなった乳首を吸いながら、中指をピストンさせ、Ｇスポットらしきところを擦りあげたとき、

「あぁぁ、イク、イク、イキます……ぁあああぁぁぁぁ！」

里美は甲高《かんだか》い声を張りあげて、顔をのけぞらせた。

次の瞬間、里美は伸ばしていた足を腹に引き寄せながら、びくん、びくんとこちらが驚くほど激しく肢体を痙攣《けいれん》させる。

どのくらいオルガスムスはつづいたのだろうか。やがて、里美は身体の力を抜

いて、ぐったりとなった。

顔を横向け、長い睫毛《まつげ》とふっくらした唇の目立つ、美しい横顔を見せ、気絶したように静かになった。

4

ラブホテルの広いバスルームで、お湯につかった。

泡立つお湯が浴槽のなかに点《つ》けられた照明で七色に変わるレインボージェットバスに、二人は入っている。

啓介は広いバスタブの片方に背中を凭《もた》せかけてつかり、その足の間に座った里美が背中を預けている。

ナチュラルなボブヘアからは、柑橘系《かんきつけい》のコンディショナーの香りがする。

「こうしていると、すごく落ち着く」

里美が言う。

「ああ、俺もそうだよ。里美ちゃんと一緒にいると、故郷に戻ったような気がする」

「他の女の人とは違う?」

「ああ、そう言いたかったんだ。やはり、きみは特別なんだよ」

後ろから言うと、里美は啓介の手を取って、胸のふくらみに導いた。

「オッパイが故郷？」

「いや、そうでもないよ。里美ちゃんっていう存在自体が故郷なんだよ」

啓介は囁きながら、乳房をつかんだ。

泡でぬらつくたわわなふくらみを揉みながら、指腹で乳首をつまんで、くりくりと左右に転がす。

「すごいな。さっきから、ずっと勃《た》ったままだ」

「ふふっ、ずっとコーフンしているから。きっと、したくてしたくてたまらないのよ」

「そうか……だったら、俺、ススキノに行くよ」

「来てくれるの？　でも、遠いよ」

「飛行機に乗れば、あっという間だ」

「……うれしいわ。でも、やっぱりマズいよ」

「どうして？」

「師匠を裏切ることになるもの」

「師匠って、マスターのこと？」

「ええ……わたしね、マスターの許可がないと、男の人と寝てはいけないことになっているの」

愕然《がくぜん》として、確かめた。

「それって……？」

「そうじゃないの。塩谷さんと男と女の関係はないよ。そうじゃなくて、師弟関係。わたしはマスターにすべてをゆだねているから、許可が出ないと、男の人としてはいけないの」

そう言って、里美が後ろに手をまわし、お湯のなかで啓介のイチモツを触ってくる。

「よくわからないな」

「他人にはわからないと思う。私とマスターの深い関係は……」

「でも、それなら、マスターの許可を得てからススキノに行けば、ＯＫってことかな？」

「……そうなるかな」

里美は後ろ手に、下腹部のものをいじりつづけている。いまだ射精していないイチモツは、またむくむくと力を漲らせてきた。

「ふふっ、大きくなった」

里美はいったん立ちあがって、くるりと振り向いた。

お湯で仄《ほの》かに桜色に染まった乳房から、白い泡がしたたって、ピンクの乳首がツンと顔を出している。

里美は向かい合う形で、啓介の両足を肩にかけた。尻が浮かんで、虹色に変化する泡から、赤銅色《しゃくどういろ》の肉柱が突き出ている。

（おいおい、まさか潜望鏡じゃないだろうな）

ソープ嬢の技で、お湯から突き出した勃起《ぼっき》をおしゃぶりするというテクニックがある。

里美はちらっと見あげてにこっとし、お湯から突き出した肉柱に舌をからめてくる。

（おおっ、まさに潜望鏡！）

啓介は手と足に力を込め、バスタブのなかで突っ張って腰を浮かせている。そして、泡から突き出た屹立を、里美は一生懸命に頬張《ほおば》ってくれる。

「おおっ、気持ちいいよ。里美ちゃん、きみはまるで天使だ。ぁああ、ちょっと吸いすぎ！」

あまりの快感に、思わず腰をせりあげていた。

里美は上手に腰を支えて浮かせ、ずりゅっ、ずりゅっと軽快に唇をすべらせる。

いつ経験しても、里美のおフェラは絶品である。過去に風俗嬢の経験があるんじゃないかと疑いたくなるほどだ。

(うん、待てよ？　ススキノといえば……)

心配がついつい口を衝《つ》いてあふれた。

「里美ちゃん、まさかススキノの風俗に売られていくわけじゃないよね」

里美がびっくりしたように目を剝《む》いて、勃起を吐き出した。

「何、バカなこと言ってるの」

「ああ、ゴメン。きみ、潜望鏡とかできるし、ひょっとしてそういう経験があるんじゃないかと思ってね」

「マスターが悪いヒモで、わたしをススキノの風俗に売り飛ばすとか？」

「まあ……昼はソープ嬢で、夜はバーテンダーみたいなね」

里美が厳しい視線を向けて、吐き捨てるように言った。

「バッカみたい。想像力貧困すぎる。ほんと、バカなことを思いつくのね。そんなこと言うなら、もう、終わりにするから」

立ちあがろうとする里美を必死に止めた。

「待って！　ゴメン。謝るよ。もう言わないから……」

「信じて。わたしとマスターは肉体関係のない、とっても崇高《すうこう》な師弟関係なんだから」

「もちろんだよ。この口がいけないんだ」

啓介は自分を責める。

それでも、里美は怒りがおさまらないのか、バスタブの縁に載っていたローションを手に出して、それを勃起に激しく塗り込んでくる。怒りを込めて、強い力でしごいてくるのだが、かえってそれが気持ちいい。

にゅる、にゅるっと手のひらが肉柱をすべっていき、指で亀頭冠《きとうかん》を巧妙に摩擦されると、えも言われぬ快感がうねりあがってきた。

「ああ、くっ……」

「気持ちいいの？」

「ああ、天国だ」

「ほんと、どうしようもないエロオヤジなんだから……出ようよ」

里美は勃起を握ったまま、啓介をバスタブから出して、バスマットを敷く。

お湯をかけたマットに、啓介を仰向《あおむ》けに寝かせた。

それから、ローションプレー用の液体を啓介の体にたらたらと垂らし、それをお湯で薄めながら塗り込んでくる。

これこそ、ほとんどソープ嬢の所作《しょさ》だと思うのだが、きっと里美は意地になって、わざとそれらしきプレーをしているのだろう。

胸板から腹部へ、さらに、太腿へとローションが延ばされていく。

「いやだ、戸部さんのおチンポ、ギンギンになってきた。しごいてほしい?」

里美がわざとらしく訊いてくる。

「ああ、しごいてほしいな」

「ススキノに来るときは、マスターの了承を得てからにしてね」

「わかった。そうするよ」

啓介は嬉々として言う。

里美がローションを肉柱や睾丸《こうがん》に塗り込めつつ、さすってくる。

ぬるぬるした感触が桃源郷だった。

里美は右手で肉棹を握って、素早くしごきあげる。それを繰り返しながら、胸板の乳首にキスを浴びせ、舐めてくる。

胸板をちろちろされて、ローションたっぷりの指で本体をしごかれると、異質の快感が渾然一体《こんぜんいったい》となって、体を埋めていく。

「気持ちいい？」

「ああ、すごく……」

「……パイズリしてみる？」

「ああ、してもらいたいよ」

「じゃあ、立ちあがって」

啓介がマットに立つと、里美はマットに洗い椅子を置いて、その上に座った。

「これで、位置的にちょうどいいでしょ。自分で動かしたほうが気持ちいいと思うの」

「ああ、わかった」

いきりたつ本体と、グレープフルーツみたいな光沢を放つ巨乳がほぼ同じ高さにある。

啓介が近づけていくと、里美がそれを両方の乳房で包み込んできた。

たわわすぎるオッパイから、それこそ潜望鏡のように屹立の先がかろうじて出ている感じだ。

「いいよ。動かして」

「こうかい？」

啓介はじっくりと腰をつかう。すると、赤銅色の本体が双乳の谷間をすべり動く。

左右から柔らかくて量感のある乳房で包まれていて、それを押し退《の》けるように屹立を上下に往復させると、一気に快感がせりあがってくる。

「いいよ、もっと激しく動いて。オッパイを犯して」

里美が甘くけしかけてくる。

啓介は自分の雄々《おお》しいイチモツが、たわわなオッパイでできた膣を犯しているような気持ちになって、ますます昂奮してきた。しかも、ぬるぬるで気持ちいい。

実際に見ると、真っ白な乳房が妖《あや》しくピンク色に染まり、いたるところに青い血管が透け出ている。

そして、柔らかくからみついてくるオッパイの谷間を雄々しいイチモツがずりゅっ、ずりゅっと冒瀆《ぼうとく》している。

「ああ、気持ちいい……できたら、今度は口で咥《くわ》えてくれないか？」

啓介はダメもとでリクエストしてみた。

すると、サービス精神旺盛の里美は、胸のふくらみを外して、それを口に含んだ。

深々と頬張り、大きなストロークでしごいてくる。顔を傾けたので、切っ先が頬の内側を擦っていき、リスの頬袋のようにふくらんだ。

自分がどんな顔になっているのか、わかっているはずなのに、いさいかまわず、むしろ、その顔を見せつけることが悦びであるかのように、里美は大胆にハミガキフェラをする。

右の次は左と、頬をふくらませながらも、右手では啓介の睾丸をやわやわしてくれている。

里美に自分の上達したセックスを披露したかった。だが、その余地がないほどに里美は次々と技を繰り出してくる。

自分が仕掛けて、男を気持ち良くさせることが快感につながるのだろう。

まさに、受け身セックスを得意とするオジサマには、最適な女性である。

女性には、社会的地位の向上を訴えるのも大事だが、同時に、セックスでも男女平等を実現してもらいたいものだ。

5

ピンクの照明に浮かびあがったベッドで、仰向けになった啓介に、里美の献身的な愛撫がつづく。

「ぁあああん……ぁあんん」

と、鼻にかかった甘え声を洩《も》らしながら、腋《わき》の下を舐め、そのまま脇腹へと舌をおろしていく。

ぞわぞわっとした戦慄《せんりつ》が走り、啓介はびくんびくんしてしまう。まるで女だ。

しかし、受け身の快感を覚えると、こうなってしまう。考えたら、びくんびくんするのは女性と決めつけるのが浅はかなのだ。オジサンだって、びくんびくんする。

年齢を重ねていけば、男性ホルモンだって減少するのだから、攻撃性も少なくなってきて、受け身の快楽も得られるようになる。ある意味、これはこれで性の深遠を究《きわ》めることにもつながるのではないか――。

里美の舌が脇腹から胸板へと這《は》いあがってきた。

枕に頭を乗せて見ると、里美と目が合った。

女性特有の細長い舌をいっぱいに出し、左右に振って乳首を刺激しつつ、何かを企《たくら》むような意地悪な目で啓介を見ている。

里美はいい女だが、時々何を考えているのかわからないときがあり、それが謎めいた魅力となって、男心をとらえて放さない。

男にも女にも謎のベールに包まれた部分は必要なのだろう。それがないと、相手がわかったような気になって、結果、ナメられてしまう。

（まあ、俺なんかはナメられてナンボだろうけど……）

里美の舌がおりていき、ぐいと足をあげられる。

あらわになったアヌスに顔を寄せて、里美はくんくんとわざと鼻を鳴らし、

「クチャい。戸部さん、お尻をよく洗わないとダメよ」

「……洗ってるつもりだけどな」

「クチャい……」

顔をわざとらしくしかめながら、里美はコーモンを舐めあげてくる。

「あっ、おい……やめろ。汚いぞ」

「戸部さんの汚いお尻を舌できれいきれいしてあげているの。むしろ感謝してほしいな」

里美はしばらく窄《すぼ》まりを舐め、

「待って。消毒してくる」

洗面所でウガイ薬を使って、口をすすいだ。それから、ベッドに戻り、本体を頬張ってくる。

「あ、つーっ……おい、ウガイ薬が沁《し》みるよ。スースーする」

「そのスースーが気持ちいいんでしょ？」

「……ううん、いやじゃないな」

「ほら、もうこんなにカチカチになった」

里美は屹立をぶんぶん振って、それを握ったまま、後ろ向きにまたがってきた。

里美はぷりっした尻を見せながら、いきりたちを導いて、ゆっくりと沈み込んでくる。

勃起が尻の狭間《はざま》に吸い込まれていき、

「ぁあああ……いい。カチカチ」

里美はまっすぐに上体を立てた。

もう一刻も待てないとでもいうように、腰を振りはじめた。少し前傾して、両手を太腿に突き、腰から下をくいっ、くいっと鋭く振る。

そのたびに、濡れそぼった粘膜が勃起を締めつけ、揉み抜いてくる。

「あっ、あんっ……いいの。いい……ぐりぐりしてくる。戸部さんのおチンポが里美のオマンマンをぐりぐりしてくる。いじめてくるのよ。これでもかっていうくらいに……ぁああ、もうダメっ」

そう口では言いながらも、里美は両膝をM字に開いた。やや前屈みになって、腰を上下に振りはじめる。

すごい光景だった。

蜜まみれの肉柱が抜き差しされるのが、露骨に見える。気づいたとき、啓介はもっと深くに差し込みたくて、腰をせりあげていた。

腰の上げ下げに合わせて、ぐいと腰を撥《は》ねあげる。ちょうど里美が尻をおろすときに、下から撥ねあげる格好になり、切っ先が奥にがつんと当たって、

「ぁあああ……！」

里美は嬌声《きようせい》をあげ、ぶるぶるっと震えて、動きを止めた。

「ううん、そうじゃなくて、電流が走って……頭の先までびりびりって……ぁあ
あ、ねえ、もっとして。これが最後だと思って、里美を思う存分に貫《つらぬ》いて」
「……わかった」
里美が腰を上げ下げするタイミングを見計らって、腰をせりあげる。切っ先が
ぐいぐいと奥を突いて、
「あんっ……あんっ……！」
里美は甲高く喘いだ。
「ぁああ、イキそう……イクっ！」
上体を一直線に伸ばして、顔をせりあげた。それから、どっと前に突っ伏して
いく。
（すごいな。今日、二度目の絶頂か）
感度が良くて、イキやすい女は、男にとって最高だ。とくに、啓介のように、
疲れやすいオジサンにとっては、宝物といってもいい。
オジサンにとって、省エネはセックスでも最大の課題だ——などと考えている
とき、とても柔らかく、ぬるぬるしたものが足をすべっていく感触があった。

オッパイだった。

里美が柔らかな巨乳を、啓介の太腿や膝あたりに擦りつけているのだ。

しかも、顔をあげて見ると、ぷりっとしたハート形のヒップの割れ目にセピア色の窄まりがのぞき、その下の雌芯《めしん》に啓介の肉柱が埋まり込んでいるのが丸見えなのだ。

こういうのを眼福《がんぷく》というのだろう。

里美はオッパイを擦りつけながら、裸身を前後に動かしているのだが、そのたびに、自分のイチモツが大きくひろがった膣口を出入りしていくさまが目に飛び込んでくる。

次の瞬間、何かぬるっとしたものが、啓介の向こう脛《ずね》を這った。

見ると、それは里美の舌だった。

いっぱいに出した舌で、脛毛の生えた向こう脛をゆっくりと爪先に向かって舐め、途中から膝に向かって舐めてくる。ひどく気持ちがいい。

こういうのを羽化登仙《うかとうせん》の気持ちというのだろうか。

舐めながら、膣で肉棹を締めつけてくるので、いっそう快感が高まる。

「気持ちいいですか？」

里美が訊いてくる。

「ああ、ぞくぞくするよ」

「ふふっ、じゃあ、今度は前を向くね」

里美が上体を起こし、膣で咥え込んだ肉棹を軸にして、ゆっくりと時計回りにまわって、正面を向いた。

そのまま前に倒れ込んできたので、啓介はとっさに乳房に貪《むさぼ》りついた。

とにかくデカい。そして、柔らかい。

顔面がふわふわした肉層に埋まり込んでいくようだ。

バルーンのような乳房から顔を離して、コーラルピンクの乳首を舐め転がす。

上下左右に舌で弾いて、吸う。吐き出して、また舌をまとわりつかせる。

それを繰り返していると、里美はもう我慢できないとでもいうように裸体をくねらせ、腰をもどかしそうに揺すって、

「ぁああ、戸部さん、またイキたくなった」

ぼうっと潤《うる》んだ目で訴えてくる。

「よし、キスしようか」

啓介は里美の唇を奪った。ぷりんとした唇を舐める。里美も啓介の唇を舐めて

くれたので、二人の唇は唾液でぬらついて、それを擦り合わせるだけでも気持ちがいい。

キスをしながら、啓介は下から突きあげてやる。

里美の背中と腰をつかみ寄せ、下から屹立を叩き込んだ。

いきりたつものが、窮屈な膣を斜め上方に向かって擦りあげていき、

「んっ……んっ……んっ！」

里美は突きあげられるたびに、くぐもった声を洩らしつつ、ぎゅっとしがみついてくる。

ここは男の見せ所だ。

啓介は必死に唇を合わせながら、連続して腰を撥ねあげる。

ずりゅっ、ずりゅっと勃起が狭い肉路を擦りあげていき、ついにキスしていられなくなったのか、里美は顔を離して、

「ぁああ、いいの……いいの、いいの！」

ぎゅっと啓介にしがみついてきた。

かわいい女の子が、頼りにしてすがりついてくるこの瞬間、啓介は自分が男に生まれてきてよかったとつくづく思う。

世の中のオジサマ族にとっての幸せとは、会社で部下に頼られたり、セックスで女性にしがみつかれたりする瞬間ではないだろうか――。

オスの本能が爆発した。

啓介はがしっと里美を抱き寄せて、慎重かつ大胆に下から突きあげた。

「あんっ、あんっ、あんっ……ああ、ねえ、わたしまた、またイッちゃうよ。へんなの。へんなの……」

里美が今にも泣き出さんばかりに眉《まゆ》を八の字に折って、上から見つめてくる。

「いいんだ。何度でもイッていいんだよ。そうら……」

啓介がつづけざまに下から撥ねあげたとき、

「あん、あん、あんっ……イクよ、イク、またイクぅ……!」

里美が顔をのけぞらせ、その状態でがくん、がくんと躍りあがった。エクスタシーの波が通過すると、がっくりと裸身を預けてきた。

6

メルヘンチックな部屋のピンクの照明のなかで、啓介は里美を腕枕している。

里美が上体を起こし、上から啓介を見て言った。

「ススキノに来てもらえるのは、うれしいんだけど……その前に、戸部さんにはやるべきことがあると思うの」

「……何？」

「わたしに頼らず、ひとりでオジサマ好きの女性をゲットしてほしいな。やり方は今までと一緒でいいの。『ゆりかご』に誘って、様子を見てイケそうだったら、ガブリッといけばいいんだから。簡単でしょ？」

「ううん、きみがいないと不安だな」

「大丈夫だよ。もう、戸部さんはすっかりいい感じのミドルエイジに仕上がっているから、意外と簡単かもよ」

そう言って、里美は顔を伏せ、啓介の胸板に頬擦《ほおず》りしてくる。

（おおぅ、これが頬擦りか……！）

ほぼ初めて体験する女性からの頬擦りに、感動しながら訊いた。

「だけど、どうしてきみはそんなに親身になってくれるの？」

「それは……戸部さんが客を連れてくれれば、うちの店が潤うからよ。今井千詠子さんや森下瞳さん、土門暁子さんも、今ではよく店にいらしてくれるのよ。しかも、友人を連れてきてくれる。そうやって、うちの客層もひろがっていくの」

「なるほど……確かに、三人とはたまに店で顔を合わせるものな」

「だから、うちの店にとって、戸部さんのガールハントはとっても重要なの。わかった?」

「……ああ、わかった。それが里美ちゃんの指示とあれば、従うよ。何しろ、きみは俺の恋愛の師匠だからな……でも、何かご褒美《ほうび》が欲しいな。俺が新しい女性をゲットしたときの」

「そうね。こうしようよ。そのときは、戸部さんはその新しいガールフレンドを連れて、ススキノにやってくるの。そして、わたしの勧めるバーに二人で来て」

「だけど、それじゃあ、俺は里美ちゃんとできないんじゃないの?」

「そこは、臨機応変に対応すればいいわ。ガールフレンドと札幌の街を愉しむのもよし、わたしとこっそりアレしてもよし……」

「それは面白そうだ。やる気になってきたよ。その件、マスターにも伝えておいてくれないか?」

「ええ、伝えておくわ……じゃあ、話はこれで終わり。戸部さん、今夜、まだ出していないでしょ。わたしが出させてあげる」

里美の顔が下半身のほうへ移動していく。薄い羽毛布団をかぶって、里美はイチモツを舌と指でもてあそぶ。

合掌《がっしょう》造りの屋根のように持ちあがった布団のなかに、里美の顔がぼんやりと浮かびあがっている。

たちまちエレクトしてきたイチモツが、温かくて湿った口腔《こうこう》に覆われていった。

ぐちゅ、ぐちゅと淫靡《いんび》な唾音がして、啓介はもたらされる歓喜に酔いしれた。

第六章　やり手美人課長の媚態《びたい》

1

（もしかして、思いもしなかった大物が釣れるのか。いや、無理だろう。逃がした魚は大きいというパターンに違いない）

戸部啓介は隣のスツールに腰かけている仲間有貴子《なかまゆきこ》をちらりと見た。

光沢のあるストレートの黒髪が肩や背中に散り、横顔には美人だけが持つことのできる、優雅だが、シャープなラインを刻《きざ》んでいる。

仲間有貴子は三十二歳の営業部三課の課長であり、同期では出世頭のいわゆるキャリアウーマンである。

おこがましくて、啓介が誘えるような社員ではない。なのに、今、二人でこのスイーツバー『ゆりかご』にいるのには、わけがある。我が社のナンバーワン受付嬢の土門暁子と有貴子が親しく、暁子からこの店の噂を聞いた有貴子が、

『スイーツバーに連れていってくださいませんか？』

と、啓介にアプローチしてきたからだ。

啓介は若干の気後れを感じたものの、たとえ男と女の関係にならずとも、こんな美人キャリアウーマンなら一緒に酒を呑《の》むだけでも光栄と思い、早速、スイーツバー『ゆりかご』に連れてきた。

すでに、川島里美はススキノの酒場にバーテンダー修業に出て、二週間が経過している。いつもいるべき人がいないというのは、これほどまでに寂しいことなのかと痛感した。

里美に逢いたかった。そのためには、オジサマ好きの女の子をゲットしなくてはいけない。

その一念で、以来、二名の女性社員をここに連れてきた。だが、その子たちがオジサマ好きかどうかを見分けてくれていた里美の不在は、想像以上に大きなマイナスで、どうも上手くいかない。

一人は今も誘えば同伴してくれるものの、どうやら狙いはスイーツとお酒のようで、距離を詰めようとすると、上手くかわされ、まったく進展しない。

もう一人は、焦《あせ》って一気に距離を詰めようとしすぎたせいか、二度目に誘ったところ、体《てい》よく断られた。

（やはり、俺は里美ちゃんがいないとダメなのか……）

意気消沈していたとき、大物が向こうから近づいてきた。

啓介はこのやり手美人課長を、どうせ高嶺《たかね》の花だから、と遠くから見ていた。

ほぼ初めて会話を交わしたのだが、思っていたより、高飛車ではなく、むしろ、フランクで話しやすかった。

「これは、確かカヌレですよね？」

有貴子が出された洋菓子を見て、マスターを見た。

「ええ……じつは、これは戸部さんのお勧めでして。ダークラムと合うから、出したほうがいいと言われまして」

塩谷が啓介を見る。啓介がゴールが決められるように、アシストしてくれているのだろう。

「正確には、カヌレ・ド・ボルドーと言います。ボルドーは、言うまでもなくワインの産地です。ワインの澱《おり》を取るために、卵白《らんぱく》を使うんです。そうなると、黄身が残りますよね。それをどうにかして使えないかと考え出されたのが、カヌレです。カヌレは溝のついたという意味のフランス語です。ぱりっとした外側ともちもちの内部の対比が持ち味です。じつは、風味付けにラムを使用しているので、ダークラムとの相性がいいんです」

啓介は、塩谷の期待に応えようと蘊蓄《うんちく》を語った。

「ああ、なるほど……それで、このダークラムと合うんですね」

有貴子が感心したように言う。

「そうです。とくに、同じラムでもこのダークラムは樽で熟成されたものです。琥珀色《こはくいろ》で味もコニャックに近い。よくカクテルに使うホワイトラムではダメなんです」

啓介はさらに詳しいところを見せる。

出来る女を相手にするときは、ナメられたら終わりだ。尊敬していただかないと、関係は上手くいかなくなる。五十八歳にもなれば、そのくらいはわかる。

「さすがですね。戸部さんが以前、商品開発部にいらしたことは承知していました。勉強になりました」

有貴子が頭をさげ、ストレートヘアをかきあげて、啓介を見た。

その視線がさっきまでとは違っているように感じる。

「じつは、うちがスイーツバーにしたのも、戸部さんの助言があったからなんですよ。実際に『Hフーズ』のスイーツも提供していただいて、うちが今あるのは、戸部さんのお蔭なんです」

マスターがいいタイミングで「ヨイショしてくれる。

啓介は心のなかで「ナイスアシスト！」と叫びながらも、実際には、

「いやいや……試食のしすぎで、太ってしまって、ドクターストップがかかって、部署を移ったんです。トンマな話でしょ？」

と、冗談めかして言う。

「いえいえ……それだけ仕事に打ち込まれた証《あかし》ですもの。わたしがその立場でも、きっとぶくぶくに太って、糖尿病でドクターストップがかかっていたと思います」

「仲間さんが太るなんて、想像できないですよ」

「あらっ……じつはわたし、中学生のときに太っていて、高校生になってどうにか痩せようとスポーツの部活に入ったんですよ。走り込みで、十キロダイエットしたんですから」

有貴子が明るく笑う。

こうやって、自分の欠点を笑いながら聞かせてくれる有貴子という女の、器の

デカさを感じた。

（大した女じゃないか……俺はこの人を誤解していたのかもしれない）

お互いの秘密を話したことで、ぐっと距離が縮まったような気がする。

有貴子が甘いスイーツよりもむしろ、ウイスキー好きだとわかったマスターが、次に勧めたのが、ブランデーとタブレットタイプのチョコレートだった。

要するに、板チョコである。

カカオ八十パーセントなのに、なめらかでやさしい。そして、口のなかで溶けていく。

その後で、ブランデーを呑む。

そしてまた、カカオ八十パーセントの板チョコを口のなかで溶かす。

「ううん、夢見心地だわ。舌のなかで、幸せなマリアージュが行われている感じ……」

有貴子はうっとりと目を閉じて、二つの味覚の融合を味わう。

目を閉じると、カールした長い睫毛《まつげ》と高い鼻先が美しい。少し上を向いた唇がセクシーでもある。

有貴子はスツールを回転させ、こちらを見て、

「戸部さん、ありがとうございます。こんな素晴らしい体験をさせていただいて」

啓介の手を取って、両手で包み込んでくる。啓介の手がブラウスの胸のふくらみに触れている。

それに、こちらを向いているので、タイトミニの裾《すそ》からむっちりとした太腿《ふともも》が半ば見えてしまっている。透過性の強い黒のパンティストッキングが、光沢を放っている。

有貴子が意図的にやっているのか、それとも、もともと天然の性格で無意識にしているのかわからない。

いずれにしろ効果は抜群で、啓介の股間は力を漲《みなぎ》らせる。

啓介も有貴子のほうを向いたので、二人の膝《ひざ》と膝が触れ合って、ドキリとする。もし今、片方の膝を有貴子の膝の間にさり気なく押し込んだら……。

そうは思うのだが、もちろん実際にはできない。

「いやいや、課長のような方にそんなに褒《ほ》めていただいたら、恐縮ものですよ」

啓介は邪心《じゃしん》を押し隠して、もう片方の手で頭を掻《か》く。そのとき、有貴子の片方の膝が啓介の足と足の間に入り込んできた。

（えっ……？）

願望が叶って、かえって呆然としてしまう。

次の瞬間、黒いパンティストッキングに包まれた左右の美脚が啓介の片膝をぎゅっと挟みつけてきた。

それはほんの一秒程度の早業《はやわざ》で、すぐに何もなかったかのように美脚は遠ざかり、有貴子はまた正面を向いた。

そしてブランデーグラスをまわして、呑む。

（何だったんだ。今のは……俺を誘ったのか？）

グラスに添えられている指先には、桜色のマニキュアが光っていて、啓介はついつい、この指でチンチンをぎゅっ、ぎゅっとしごかれたら、さぞや気持ちいいだろうと、夢想してしまった。

ダークレッドのルージュの引かれた唇が、グラスの縁にくっついている。

（あの唇でキスされたら……、フェラチオされたら……）

夢想がどんどんひろがっていく。

その後も、二人はいい具合に呑んで、日付が変わった頃になって有貴子は、帰るからタクシーを呼んでほしいと頼んだ。

マスターが呼んだタクシーは十分ほどで来た。啓介が見送りにいくと、

「戸部さん、わたし酔っぱらったみたいだから、送ってくださらない」

有貴子が言う。

啓介は店に戻って、マスターにその旨《むね》を告げ、タクシーの後部座席に乗り込む。

確かに、有貴子は酔っているが、泥酔とまではいかないし、充分にひとりで帰ることができるはずだ。それなのに、一緒に来てと求めてきた。さっきも、膝を突っ込んできた。

(案外、俺は気に入られているんじゃないか?)

後から乗った有貴子が行き先を告げて、タクシーが走りだす。すると、すぐに有貴子が啓介の左腕にしがみつくようにして、身を寄せてきた。

スーツからのぞくブラウスの胸のふくらみを左腕に感じる。

「びっくりなさったでしょ。わたしがこんなふうだから」

有貴子が耳元で囁《ささや》いた。

「ええ、まあ……モテない俺が、急にどうしたんだろうって感じです」

「あらっ、暁子からいろいろと聞いてるわよ。戸部さん、ほんとうはおモテにな

るんでしょ？」

そう言って、有貴子が顔を寄せてきた。耳の孔《あな》にフーッと息を吹き込まれて、洩《も》れそうになる声を必死に押し殺す。

「今夜、つきあってその理由がわかったわ。戸部さん、心の奥行きがひろくて、安心感がハンパじゃないのよ」

「いや、でも、それは逆に言えば、オスの怖さがないってことでしょ」

「ううん、そうかもね……でも、ちょっと触っただけで襲ってくるような男より、よほどいいわよ。こんなことをしても許してくれそうだしね」

有貴子は抱きついてきて、戸部の耳をねちゃねちゃと舐《な》めはじめた。

2

タクシーのリアシートで、有貴子に耳を舐められて、啓介はぞくっとする。身震いしたくなるような快感である。

しかし、同時になぜ有能な女課長が自分にこんな姿を見せるのか、という疑問もある。

（ひょっとして、有貴子さんはオジサマ好きなのか、それとも性的に満たされていなくて、欲求不満なのか。さっき、こんなことをしても許してくれそうと言っていたから、試されているのかもしれない。だとしたら、ここは度量がひろいところを見せて、余裕で受け止めないと……)

啓介は肩をすくめながらも、ぞわぞわ感に耐えている。

すると、有貴子が耳から舌をおろしていき、そのまま唇にキスをしてきた。

(……タクシーのなかでキスまで!)

ここまで積極的なのだから、よほど自分は有貴子に気に入られたのだ。いや、それ以上に、有貴子はもともと男を狩るハンターなのではないか、とさえ考えてしまう。

有貴子はブランデーとチョコレートの香りがする吐息をこぼしつつ、啓介の唇を頬張《ほおば》る。

ツーッ、ツーッと唇を横殴りに舐められると、股間のものが力を漲らせてしまう。

すると、それを感知したのか、有貴子の右手が股間を撫《な》でてきた。

ドライバーから見えるのではないか、と啓介はあわててそこを鞄で隠す。

有貴子は外耳に舌を突っ込んで、「はぁああ」と切なげな吐息をこぼし、股間のものをますます情熱的にさすってくる。

啓介はドライバーに見つかるのではないかと気が気でない。

そのとき、有貴子の手が器用に動いて、前のファスナーをおろし、啓介のイチモツを引っ張りだした。

タクシーの後部座席ではいかにも場違いのおチンチンを握って、ゆったりとしごきはじめる。

そうしながら、抱きついてキスをしているのだ。

いくらなんでも大胆すぎた。

有貴子はもう他人の目など気にならないといった様子で、濃厚なディープキスをしつつ、いきりたちを握りしごく。

啓介は鞄でそこを隠している。

しかし、ドライバーには、何をしているのか丸わかりに違いない。

マズい。非常にマズい――。

しかし、ここは有貴子の行為をひろい心で受け止めるべきだろう。

うねりあがる快感を必死にこらえていると、キスをやめた有貴子がそのまま顔をおろしていった。

あっと思ったときは、しゃぶられていた。

屹立《きつりつ》を呑み込んだ有貴子が、舌をつかいはじめた。よく動く舌を裏側にからめ、さらに、顔を振る。

啓介は中年ドライバーの様子をうかがった。彼は見て見ぬふりで悠然《ゆうぜん》と車を走らせる。

うねりあがってくる快感に、啓介は目を開けていられなくなった。

タクシー内の座席で、フェラチオをうっとりとして味わう。生まれて初めてだった。

しかも、それをしているのは我が社の切れ者課長なのだ。

気持ち良すぎた。どうやら、有貴子は唇だけではなく、舌と口蓋《こうがい》で勃起《ぼっき》を挟みつけるようにして、すべらせているらしい。

片手で肉棹《にくざお》の根元を握り、しごきながら、それに合わせて唇を往復させるのだ。これは効《き》いた。

(ああ、ダメだ。出そうだ!)

啓介が絶頂の到来を感じたそのとき、ふいに、唇が遠ざかっていった。

有貴子は正面を向き、手の甲で口許を拭《ぬぐ》った。それから、右手をすっと伸ばして勃起を握り、ゆったりとしごく。

わたしは何もしていませんよ、というごく自然な表情で、微笑《ほほえ》みさえ口許に浮かべている。それなのに、右手は巧妙に勃起を握り、しごいてくる。

その間にも、有貴子の住んでいる都心のマンションがどんどん近づいてきた。

（ここは課長の部屋にあがることになるだろうな……）

心身の覚悟と準備をととのえている間に、タクシーが彼女のマンションの前で停まった。

降りようとする有貴子に、声をかけた。

「部屋まで送っていきますよ」

しかし、予想とは反対の言葉が返ってきた。

「いえ、そういうつもりはありませんから。このタクシーでご自宅にお帰りください」

啓介は唖然として、有貴子を見た。

「今夜はほんとうに愉《たの》しかったわ。次もぜひ誘ってくださいい」

有貴子は最後に、啓介の頬にちゅっとキスをして、車を降りた。

ハイヒールで持ちあげられた美脚とタイトスカートに包まれた美尻が、揺れながらエントランスに消えていく。

啓介は呆然とその後ろ姿を見送っていた。

3

その後、しばらく同じようなことが繰り返されて、啓介はへとへとになった。有貴子はスイーツバーが気に入ったらしく、二人で何度も通った。そして、その帰りには必ずタクシーの車中で、啓介にキスをしたり、股間のものをしごいたりする。

それでいて、毎回、部屋にはあげてくれないのだ。

(どういうつもりなんだ。俺をもてあそぶことに悦びを見いだしているのか、それとも、俺を試しているのか?)

啓介は自分が翻弄《ほんろう》されているのを感じる。

最近はいろいろな女とつきあったが、ここまで謎めいた相手は初めてだ。

(こんなときに、里美がいれば……)

だが、里美は今、ススキノのバーで武者修業中だ。

（どうにかして、ひとりでこの試練を乗り越えないと、俺は本物とは言えない）

その夜も、啓介と有貴子はスイーツバー『ゆりかご』にいた。店の客は二人しかいない。

マスターが席を外したとき、今夜はノースリーブのブラウスにタイトミニという格好の有貴子がスツールを回転させて、啓介のほうを向き、いつものように両膝で片足をぎゅっと挟んできた。

これまでは、されるがままになってきた。が、さすがに真意を確かめたくなって、訊《き》いた。

「有貴子さんは、どういうつもりでこんなことをするんですか？」

「どうしてって……ただ、したいからしているだけよ」

「俺をもてあそんでいるのですか？」

啓介には珍しくシビアな調子で、問うた。

「……さあ、どうかしら」

有貴子がちらりと啓介を見た。そのアーモンド形の目に、男をからかうような表情が浮かんでいる。

（くそっ、バカにするなよ！）

啓介は初めて自分から性的な行動を取った。

有貴子を抱き寄せて、キスをする。唇を合わせながら、右の膝でタイトミニを割って、黒いパンティストッキングで包まれた太腿を両足で挟みつけるようにする。

舌を差し込むと、有貴子も舌を合わせてくる。二人の中間地点で舌先をぶつけ合いながら、膝を太腿の奥に差し込んで、両膝で太腿を擦《こす》ってやる。

すると、有貴子はさかんに腰を揺すって、鼠蹊部《そけいぶ》を膝に擦りつけては、

「んんっ……んんんっ……」

と、くぐもった声を洩らす。やがて、唇を離して、

「ようやく、その気になってくれたのね。こうされるのを待っていたのよ。戸部さんがオスになってくれるのを……」

熱量のある目を向けてくる。

「わたしは年上の殿方が好きなの。同年代だとは上手くいかなくて……でも、やさしいだけじゃ、つまらないわ。オスになってくれないと……」

有貴子はそう言って、ふたたび唇を合わせ、舌をからませながら、両足で啓介の膝を挟んで擦りあわせる。

長いキスを終えて、言った。

「じつは、暁子から聞いていたの。あなたとのワンナイトラブのことを……すごく良かったって……。暁子ほどの女が夢中になる男って、どんな人なんだろうって、すごく興味があったわ。でも、最初の夜に暁子の気持ちがよくわかった。戸部さん、とてもやさしくて物知りだし、紳士的だもの。仕事もできたみたいだし……じつはわたし、過去に男の人と上手くいった試しがないのよ。最初は上手くいっていても、いつも必ず途中で衝突してしまう。自分の意見を曲げるのが苦手だから……」

「それで、俺みたいな年上のほうが合うってことだね？」

「そう……でもね、暁子と一緒じゃいやだったの。なぜかわからないけど、あなたを翻弄《ほんろう》したくなった。思い切り引き寄せて、いざとなったら突き放してみたの。そのときの戸部さんの悲しそうな顔がたまらなかった」

有貴子が艶《なま》めかしい目をした。

そのとき、奥にいたマスターが店に出てきて、まさかのことを言った。

「すみません。ちょっと急用ができたので、出かけてきます。二時間ほどで帰ってきますから、お二人はその間、好きなものを食べて、呑んでいてください」

「えっ？　いや、それは……」

「クローズの札を出して、鍵もかけておきますから。もちろん、途中でお帰りになってもらってもけっこうです。じゃあ、よろしく」

マスターは有無を言わせず、さっさとドアを開け、看板をなかに入れ、外側から鍵をかけて、去っていく。

啓介には、塩谷の魂胆が読めた。

奥で二人の会話を聞いていて、ここは二人きりにしてやろうと判断したのだろう。

今が午後十時だから、十二時まで、この店を自由に使っていいということだ。

「これって……ひょっとして、わたしたち気をつかってもらったのかしら」

有貴子が言う。

「たぶん……」

「二時間の間、この店をホテル代わりに使ってくださいってこと？」

「そうだと思う」

「あのマスター、よっぽど戸部さんが好きなのね。わたし、そういう期待には応えたくなるタイプなの」

有貴子はスツールから降りて、窓のブラインドを閉めた。外から見えないようにして、スツールに腰掛けている啓介の前まで来た。

ベルトをゆるめ、ブリーフとズボンをおろして、抜き取っていく。

啓介のイチモツは半分勃起している。

有貴子は右手でイチモツを握って、ゆるゆるとしごきながら、啓介の唇に唇を重ねてきた。

口腔《こうこう》に舌を差し込み、啓介の舌をもてあそびながら、どんどん硬くなってきた肉柱をぎゅっ、ぎゅっとしごいてくる。

スツールに腰かけた啓介の前に、有貴子は腰を屈めて、いきりたつものを握りしごき、頬張ってきた。

ぴったりと唇で締めつけられて、ゆったりと上下動されると、分身が見る見る力を漲らせる。

もちろん、二人だけのバーでフェラチオされるのは初めてだ。しかも、相手は切れ者美人課長なのだ。

いつもは、この後で肩すかしを食らっていた。

しかし、今夜はそうはさせない。有貴子も言っていたではないか、啓介がオスになる瞬間を待っていたと——。

「んっ、んっ、んっ……」

両手を啓介の太腿に置いて、激しく顔を振っていた有貴子が、ちゅるっと吐き出して、啓介を見た。

そのとろんとした目が、有貴子の性的な高まりを表しているようで、啓介は唇をとらえてキスを交わす。その間も、有貴子は握り込んだ勃起をしごいてくれている。

(今度は自分から攻めたい。有貴子さんが望んでいたようにオスになってやる)

啓介は決意をして、言った。

「ありがとう。いいよ。今度は、きみがカウンターにあがってくれないか」

「えっ……カウンターに？」

「ああ、いいから、あがりなさい」

有貴子はおずおずとカウンターにあがった。

ウッドのカウンターに座らせて足をひろげるように言うと、タイトミニからむっちりとした太腿がこぼれ、紫色の刺しゅう付きパンティが見えた。

今夜も太腿までの黒い透過性《とうかせい》の強いストッキングを穿《は》いていたから、ハイレグパンティが谷間に食い込んでいるのが見える。

「どうするの？」

「そうだな。まずは、パンティを脱いでもらおうかな」

有貴子は自分でパンティに手をかけ、腰を浮かして、足先から抜き取った。

さすがに恥《は》ずかしいのか、カウンターに座ったまま、陰毛を手で隠して、太腿を内側によじっている。

「もっと足を開いて……あそこを突き出して。俺がクンニをするから……しなさい！」

最後にびしっと言うと、有貴子はカウンターにこちらを向いて座ったまま、おずおずと足を開いて、両手を後ろに突いた。

タイトミニがまくれあがって、濃い翳《かげ》りの底に雌花《めばな》が半ば花開いている。

両足を二つのスツールに置いて、M字開脚した有貴子は、見ている者をエロスの世界に誘い込まずにはおかない魅力に満ちていた。

「いいですよ。すごくエッチだ。課長のこんな姿を見たら、部下たちは何と言うだろうね」

「……きっと、ますますわたしに首ったけになるわ」

普通はここで恥ずかしがるのだが、有貴子はその一枚上手をいっている。こういう女も悪くはない。

戸部はブラウスのボタンに手をかけて、上から三つ外した。紫色の刺しゅう付きブラジャーに包まれた豊乳がこぼれでた。

(想像以上にデカいな)

そう感嘆しつつ、顔を寄せて、恥肉を舐めた。

ぷっくりとして褶曲《しゅうきょく》した肉びらの狭間《はざま》にスーッ、スーッと舌を走らせると、

「あっ……あっ……ぁあうぅぅ」

有貴子が両手を後ろに突いて、のけぞった。

「気持ちいいんだね？」

「ええ、いいわ、すごく……」

「この前、セックスしたのはいつ？」

「そんなことまで言わなくてはいけないの」

「知っておきたいんだ」

「……一年前。それから、プロジェクトが忙しくて、それどころじゃなかった。彼氏とも別れたわ」

「それは可哀相に……で、ようやく、プロジェクトが一段落したんだね」

「そう、だから……。ねえ、このこと、絶対に口外しないでね」

「わかっていますよ。俺は口が固い。安心してください。有貴子さんのオマ×コの向かって右側に黒子《ほくろ》が三つ並んでいるとか、絶対に他人には言いません」

「……………！　意外と油断ならない人ね。でもそういう男のほうがつきあっていても、愉しいわ」

「つきあって、いただけるんですか？」

「……セックス次第かな」

有貴子が見おろしながら、黒髪をかきあげた。その色っぽい仕種《しぐさ》にくらくらきた。

カウンターに座った女のオマ×コは、舐めるにはちょうどいい高さにある。

（よし、ここは有貴子さんに感じていただいて、ススキノに一緒に行けるような仲まで持っていきたい……！）

啓介は逸《はや》る気持ちを抑えて、丁寧《ていねい》にクリトリスを愛撫した。

ちろちろと下から舐めあげ、包皮を剝《む》いた。あらわになった紅玉《こうぎょく》を丹念に舌で刺激する。やはりここがもっとも感じるのだろう、有貴子は切なげに腰を揺す

り、下腹部をもっと舐めてとでも言いたげにせりあげて、

「ぁああ、上手だわ。ああん、焦《じ》らさないで。ぁああ、我慢できない」

ついには、両手で啓介の顔を引き寄せて、自らも下腹部を擦りつけてくる。

太腿の途中までの黒いストッキングに包まれた足が内股になり、外側に開かれる。そうしながら、

「ぁああ、いいの。して……もう、して……我慢できない」

有貴子はぐいぐいと濡れ溝を押しつけながら、片方の手でブラジャーごと乳房を揉《も》みしだいた。

4

有貴子はやさしいだけではダメで、オスであることを見せつけてくれないとつまらないと言った。ここはオスであることを証明したい。

啓介は有貴子をカウンターから降ろして、スツールにつかまらせ、腰を後ろに引き寄せた。

三十二歳のタイトミニ姿は、ただ若いだけの女とは違って、むんむんとした女のエロスを発散させている。

ぱんと張ったヒップ、セクシーな背中のライン、黒いストッキングで太腿まで包まれた長い足と赤いハイヒール——。

スカートからのぞくヒップの底に、いきりたつものを押しつけた。じっくりと腰を進めていくと、狭い入口を切っ先が押し広げていく確かな感触があって、

「ぁあうぅぅ……！」

有貴子が背中を弓なりに反らせた。

（くうぅ、キツい……！）

スポーツをしていることもあってか、有貴子のオマ×コはとても窮屈で、しかも、奥へと向かうにつれて、熱く滾《たぎ》っている。

見事にくびれた細腰をつかみ寄せて、引き寄せながら、ゆったりと腰をつかうと、

「あんっ……あんっ……ぁあうぅぅ」

有貴子が生臭い声を洩らして、あふれでた喘ぎを押し殺す。

それでも、啓介がさらに腰を叩きつけると、

「あんっ、あんっ……ぁあああ、おかしくなる」

有貴子が頭を振りたくる。

それはそうだろう。いつものバーで嵌《は》められているのだから、昂奮しないはずはない。啓介もいつも以上に昂《たかぶ》っている。だが、この姿勢では今一つ深く突けない。もっと奥まで貫《つらぬ》きたい。

「奥のソファに行こうか」

耳元で囁き、有貴子を押していく。

結合したまま、後ろから腰を引き寄せて前に進むと、有貴子もふらふらしながら前へと足を運ぶ。

このバーは鰻《うなぎ》の寝床のような形をしているが、奥には半円系のソファが置いてあり、その前にテーブルがある。

啓介はテーブルをどかして、有貴子をソファに這《は》わせた。

自分は片足だけソファにあげ、後ろからゆったりと突く。

「あんっ、あん、あんっ……」

有貴子は顔を伏せて、尻だけを高く持ちあげながら、抑えきれないといった声を洩らす。

粘膜のまとわりつきが素晴らしい。

それ以上に、ノースリーブのブラウスにタイトミニ、黒いストッキングに赤いハイヒールという姿が、まるでオフィスで秘密の情事をしているようで、昂奮する。

啓介はブラジャーの後ろのホックを外し、カップを上にずらした。こぼれでた豊乳を後ろから揉みしだく。

柔らかいが、しっかりとした手応えがある。脂肪の塊《かたまり》を荒々しく揉み、一転して、乳首を繊細《せんさい》にいじった。

と、有貴子が自分から腰を振りはじめた。

「ぁあ、戸部さん、いやらしい……いやらしすぎる」

「これは、どうかな？」

硬くせりだしてきた乳首をくりっ、くりっとねじって、同時に、奥まで届かせた切っ先でぐりぐりと子宮口を捏《こ》ねてやる。

「ぁあ、すごい……ぁああ、奥がたまらないの。ぐりぐりされると、おかしくなる。ぁああああ、あああああ……」

有貴子がさしせまった様子で、尻を差し出してくる。

「奥が感じるんだね？」

「ええ……好き。奥が好き……」

「じゃあ、こうしようか……このまま、横になってごらん」

挿入《そうにゅう》したまま、有貴子を横臥《おうが》させた。

片足をつかんで、後ろからずりゅっ、ずりゅっと押し込んでいく。

啓介は上体を立て、有貴子は横臥している。したがって、二人の身体は垂直に交わり、その交差する地点で屹立が深々と膣《ちつ》に嵌まり込んでいる。

この体勢だと尻が邪魔にならないので、いっそう深く挿入できる。切っ先が子宮を押しあげている感じだ。

「ぁああ、これ……占領されてる。わたし、戸部さんに占領されてる……苦しいの。奥まで来ていて、苦しいの……」

「やめようか？」

「ううん、やめないで……このまま、もっとして。もっと深くえぐって……わたしの心の内側までえぐって……潜ってきて。もっと潜ってきて……ぁあああ、お臍《へそ》に届いてる」

有貴子は気息奄々《きそくえんえん》で泣き顔を見せ、ソファを掻《か》きむしっている。

仕事では男勝りの女性でも、いざベッドインすると、マゾ的な部分が出てくる。その落差がオジサンにはこたえられない。

素直な女は扱いやすいが、一筋縄ではいかない女にも振りまわされる醍醐味《だいごみ》がある。

有貴子は後者だ。

啓介はいったん結合を解き、ブラウスのボタンを外しきって、さらに、スカートをおろさせる。

紫色のブラジャーを抜き取ると、有貴子は胸のふくらみを隠した。

太腿までの黒のストッキングだけをつけたキャリアウーマンが、恥ずかしそうに乳房を覆《おお》い、ソファに座っている。

その姿が、啓介をかきたてた。

その前にしゃがみ、有貴子のすらりとした美脚をつかみあげ、漆黒《しっこく》の翳りの底に顔を埋める。

ペニスを挿入したばかりの膣はまだわずかに開いており、そこを舐めると、

「ああああ……！」

有貴子は艶めかしく喘いで、もっとばかりに下腹部を舌に合わせて、せりあげてくる。

さっき舐めたときより、本気汁があふれて味が濃くなっている。左右の太腿を

ひろげさせて、膣口に舌先を突っ込んで、出し入れする。

「ぁあ、戸部さん……もうダメっ……欲しい。入れて。入れて……」

有貴子が訴えてくる。

啓介は猛々《たけだけ》しい気分になって、顔をあげた。

片方の手で片足の膝裏をつかんで持ちあげ、もう一方の手を屹立に添えて、押し込んでいく。ギンギンになったものが熱い肉の祠《ほこら》を押し広げていき、

「ぁあぅぅ……すごい！」

有貴子がのけぞった。

啓介は両手で両足を開いて押さえつけ、上から打ちおろしていく。

ズンッと打ち込むと、有貴子は「あんっ」と喘いで、後ろ手にソファの背凭《せもた》れをつかむ。

打ちおろしながら、しゃくりあげるたびに、形のいい美乳もぶるんと揺れて、

「ぁあああ！」

と有貴子は泣いているような声をあげる。

一回一回を強く深く打ち据《す》えて、ぐりっと奥を捏ねる。その状態でしばらく静止して、息をととのえる。

またゆっくりと引きあげていき、ズンッと強烈に打ちおろした。切っ先をポルチオに届かせたまま、押し込むようにしてじっとしている。

「ぁああ……圧迫してくる。おチンチンがわたしを押してくる……ぁあぁ、いい。これがいい……戸部さん、抱いて。わたしをぎゅっと抱いて」

有貴子がせがんできた。

啓介はそのままのしかかっていき、ソファに有貴子を仰向《あおむ》けに寝かせ、キスをする。

キスをしながら、ゆっくりと腰をつかった。

これなら、省エネで、大して労力を使わずに済む。しかも、ぴったりと折り重なっているから、密着感は大きい。

有貴子は下から抱きつき、舌をからめながら、足を腰にからませて引き寄せる。時々、もっと強くと言わんばかりに自分で腰を振りあげてくる。

啓介はキスをおろしていき、背中を丸めて乳房にしゃぶりついた。

たわわだが、乳首がツンとした形のいいふくらみを揉みしだきながら、先端に貪《むさぼ》りつく。

ゆったりと上下に舐めて、左右に強く弾《はじ》くと、乳首は一気に勃《た》って、硬くなってきた。

そこをつまんで転がしながら、もう片方の乳首を舌であやし、吸う。

それを繰り返しているうちに、有貴子は昂ってきたのか、

「ぁあああ、ああああ……どんどん良くなってくる。突いて……突いて」

ストロークをねだってくる。

啓介は顔をあげて、有貴子を抱きしめ、スローピッチで腰をつかう。

「ぁあああ、いい……いい……ぁあああん、ぁあああぅぅぅ……」

有貴子は喘ぎながら、ぎゅっとしがみついてくる。それをつづけているうちに、啓介はもっと強く打ち込みたくなった。

腕立て伏せの形で、足を伸ばして、屹立を押し込んでいく。

ずりゅっ、ずりゅっとイチモツが体内をえぐっていき、

「あんっ、あんっ、あんっ……！」

有貴子は甲高《かんだか》い声で喘いで、啓介の伸びた腕をしっかりと握ってくる。

両足を大きくM字に開いて、啓介のイチモツの出し入れをしっかりと受け止め、今にも泣き出さんばかりに眉《まゆ》を八の字に折っている。

（ああ、あの仲間有貴子もセックスではこんな顔をするんだな）

啓介はその表情に見とれつつも、同じリズムで腰をつかう。

本来なら、ここからどんどんピッチをあげていきたいところだが、エネルギーを大量消費するのはラストだけと決めている。

「ねえ、もっと……もっと激しく……」

有貴子が焦《じ》れったそうにせがんできた。

それならばと、啓介は上体を立てて、すらりとした足の膝裏をつかんで、持ちあげる。

前に体重をかけて、両足を開かせながら、上から打ちおろした。

「ああ、これ……！　入ってくる。内臓が押しあげられる。ぁああ、すごい！」

有貴子が両手を伸ばして、ソファをつかんだ。

黒革のソファの上で、太腿までの黒いストッキングをつけただけの伸びやかな裸身が、無様な格好で折り曲げられ、持ちあげられた太腿の奥に、男のイチモツを出し入れされている。

長い黒髪が扇状に散っている。打ち込まれるたびに乳房がぶるん、ぶるるんと縦揺れして、

「あんっ……あんっ……あんっ……」

有貴子は片手を口に押し当てて、抑えきれない喘ぎを洩らす。

(エロい顔をしている。まさか、我が社の切れ者課長が、こんなエロい顔をするとは……!)

昂奮がいや増してきた。

だが、それ以上に、有貴子は急激に高まっているようだった。

「ダメっ……もう、イッちゃう……イキそう……!」

有貴子が下から哀切《あいせつ》な顔で訴えてくる。

「いいですよ。イッていいんですよ」

啓介は少しだけピッチをあげた。

だが、幾分かであって、トップギアには入れていない。それでも、有貴子は充分感じているようで、どんどんさしせまってきた。

「あんっ、あんっ、あんっ……イクわ。イク、イッちゃう!」

「いいんですよ。そうら……」

たてつづけに腰をつかったとき、

「……イクぅ……あっ!」

有貴子がのけぞって、動きを止めた。

すぐに、びくびくっと躍りあがる。それから、ぐったりして動かなくなった。

啓介はまだ放っていない。

有貴子の膣が時々、痙攣《けいれん》するように締まって、肉棹を食いしめてきた。

5

啓介は店の半円形のソファに座り、その前に有貴子が向かい合う形で座っていた。

啓介のイチモツは有貴子の体内を貫いている。そして、有貴子は口に含んだビールを口移しで、呑ませてくれている。

しかも、有貴子はビールを注ぎながら、腰を振って、イチモツに刺激を与えてくれているのだ。

一度、有貴子の口に含まれたビールが喉《のど》を通過していくときの清涼感がこたえられない。それに、膣もきゅっ、きゅっと肉柱を締めつけてくる。

（たまらんな、有貴子さんは……）

啓介はうっとりとして、もたらされる悦びを味わう。

ビールを注ぎ終えた有貴子は、啓介の肩につかまって、激しく腰をつかった。

前後に鋭く振り、勃起に膣肉を擦りつけて、

「ぁああ、気持ちいい……戸部さん、気持ちいい」

耳元で甘い声を洩らす。

啓介も乳房をつかんで、揉みしだいてやる。

のけぞりながら膣を擦りつけていた有貴子が、体勢を変えた。

啓介をまたいだまま足をM字に開いて、腰を上下に振りはじめた。

「あん、あん、あんっ……」

甲高く喘いで、腰を縦につかう。

まるでスクワットだ。相当体力を使うのではないかと思うのだが、有貴子は身体能力も高いようで、激しく腰を上下に振って、肉棹をよく締まる粘膜で擦りあげてくる。

（おおぅ、あの仲間有貴子がこんなに激しく……！）

啓介も一気に昂奮が高まった。

それにつれて、イチモツもますますギンとしてきて、そこを熱い粘膜で包まれながら、しごかれると、いよいよ追い込まれた。

「ぁああ、ダメだ。出そうだ」

「いいんですよ。出して……出して……ぁあああ、イクわ。わたしもイク……また、イッちゃう……」

有貴子は肩につかまってのけぞりながらも、腰を上げ下げして、叩きつけてくる。

「うおお……！」

啓介は吼《ほ》えながら、自分でも下腹部をせりあげた。いきりたつものが下りてくる膣の奥にがつんと衝突して、

「あんっ……！」

有貴子が躍りあがった。

（よし、もうひと突き！）

啓介が腰を突きあげたとき、

「イクぅ……！」

有貴子はのけぞって、がくん、がくんと震えた。膣の痙攣を感じて、啓介も放っていた。

ツーンとした射精感が体を貫いて、精液が放たれるたびに、脳天で小さな爆発が起こった。

この歳にして、座位での射精は初めてだった。長い放出を終えると、有貴子がぐったりと凭《もた》れかかってきた。

一戦を終えても、まだ二時間は経過しておらず、二人はカウンターで呑みながら、マスターの帰りを待った。

啓介がカウンターに入って用意したイチゴのショートケーキをフォークですくい、シングルモルトのマッカラン十二年をロックで呑む。

「ううん……合う。セックスのあとのスイーツとお酒はほんとうに美味しいわ」

有貴子が目を細める。

前からエロかったが、セックスで満足したせいか、一段とその美に拍車がかかり、肌もつやつやだ。

啓介はおずおずと訊いた。

「どうでしたか。俺、合格ですか?」

有貴子はこちらを向き、

「もちろん……。二度もイカされた男を不合格にする女なんていないわよ」

ストレートの髪をかきあげて、微笑んだ。

啓介は心のうちで快哉《かいさい》をあげる。

今だ。あれを切り出すのは今しかない。

「ところで、有貴子さん、札幌はお好きですか？」

「札幌ね。大好きよ。食べ物も美味しいし、街の雰囲気も好き。それが何か？」

「今度、近いうちに一緒に札幌に行きませんか？」

「土日でよければ、いいわよ。今、仕事も一段落しているし……でも、何を目的に行くわけ？」

「まずは、円山《まるやま》動物園ですね。それから、サッポロビール園へ行って、ビールを吞みながらジンギスカンを食べましょう。夜はススキノで吞むっていうのはどうですか？」

「いいわね」

「では、次の土日でいかがですか？」

「やけに、急ぐのね……でも、いいわよ。ビールを吞みながら、ジンギスカンって大好きなのよ」

「では、俺のほうで飛行機やホテルの手配はしておきます」

「じゃあ、任せるわ。愉しみになってきた」

有貴子が上機嫌で、マッカランをぐいと呑んだ。

(よし、やったぞ。これで、里美ちゃんに逢える!)

啓介が内心でガッツポーズしたそのとき、まるでその経緯《いきさつ》を見守っていたかのようにドアが開いて、マスターが帰ってきた。

塩谷は二人の親しげな様子を見ると、すべてを察したようで、安堵の表情を浮かべた。そして、有貴子に見えないところで啓介に親指を立て、カウンターのなかに入っていった。

※この作品は２０２１年9月6日から「日刊ゲンダイ」にて連載され、２０２１年9月16日から双葉社ホームページ(http://www.futabasha.co.jp/)にも連載された作品に加筆修正したオリジナルで、完全なフィクションです。

双葉文庫

き-17-63

オジサマが好《す》き♡

2022年4月17日　第1刷発行

【著者】

霧原一輝《きりはらかずき》

【発行者】

箕浦克史

【発行所】

株式会社双葉社

〒162-8540 東京都新宿区東五軒町3番28号

［電話］03-5261-4818(営業部)　03-5261-4833(編集部)

www.futabasha.co.jp(双葉社の書籍・コミックが買えます)

【印刷所】

中央精版印刷株式会社

【製本所】

中央精版印刷株式会社

【フォーマット・デザイン】

日下潤一

ISBN978-4-575-52566-3 C0193

Printed in Japan

霧原一輝　居酒屋の女神
書き下ろし長編　SEXレースエロス
おじさん5人は、すっかりゴブサタな現状を憂い、皆で「セックス積み立て」を始めた。いち早くセックスできた者の総取りなのだ！

霧原一輝　女体、洗います
オリジナル長編　浴場エロス
スーパー銭湯で今も活躍する伝説の洗い師に弟子入りした23歳の洋平は洗っていたヤクザの妻とヤッてしまい、親方と温泉場逃亡の旅へ。

霧原一輝　マドンナさがし温泉旅
書き下ろし長編　ポカポカエロス
松山、出雲、草津、伊香保、婚活旅をする男ヤモメの倫太郎、54歳。聞き上手だから各地で「身の下」相談に。GO TO湯けむり美女！

霧原一輝　蜜命係長と島のオンナたち
書き下ろし長編　ヤリヤリ出張エロス
会長の恩人女性をさがせ！　閑職にいる係長に出世の懸かった密命が下る。手がかりはなんとイク時だけ太股に浮かぶという蝶の模様だけ！

霧原一輝　PTA会長は官能作家
書き下ろし長編　夜の活動報告エロス
山村優一郎は突然、小学校のPTA会長に推挙された。なってみると奥様方の派閥争いに巻き込まれ、肉弾攻撃にチンコが乾くヒマもない！

霧原一輝　部長夫人と京都で
書き下ろし長編　イケない古都しましょエロス
頼りない男で童貞の23歳、小谷翔平は部長の家で奥さんと懇ろになり、ついには秋の京都へ不倫旅行。その後、まさかまさかの展開が！

霧原一輝　蜜命係長と女スパイ
書き下ろし長編　企業秘密にカラダを張れエロス
リゾート開発プランがハニートラップによって盗まれた！　かくなる上はハニトラを逆トラップにかけるまで！　刺客はどの美女だ？